Bernhard Hagemann

Emma und die Weihnachtsväter

Bernhard Hagemann

EMMA
UND DIE WEIHNACHTSVÄTER

Mit Vignetten von
Isabel Metzen

cbj

Dieses Buch ist auch als E-Book erhältlich.

Für Sonja und August

MIX
Papier aus verantwortungsvollen Quellen
FSC® C014496

Verlagsgruppe Random House FSC® N001967

1. Auflage 2018

Umschlaggestaltung, -illustration,
Vignetten und Vorsatz: Isabel Metzen
TP · Herstellung: UK
Satz: KompetenzCenter, Mönchengladbach
Druck: GGP Media GmbH, Pößneck
ISBN 978-3-570-17583-5
Printed in Germany

www.cbj-verlag.de

1

Vor den hohen Bergen, die mit ihren Gipfeln nach dem Himmel greifen, in einem Tal mit grünen Hügeln, wo die Kühe saftiges Gras finden, da liegt Oberalpendorf. Wie eine Postkarte sieht der Ort jeden Morgen aus, wenn die Sonne hinter den Bergen hervorkommt und die ersten Strahlen auf die Kirchturmspitze schickt. Je höher die Sonne steigt, umso mehr Dächer werden von ihr beschienen. Nach der Kirchturmspitze wird die Schule in morgendlich gelbes Licht getaucht, dann das Rathaus, dann die Bäckerei und dann alle anderen Häuser.

In einem der anderen Häuser, oben im zweiten Stock unter dem Dach, schläft Emma noch. Es ist Samstag, sie muss nicht zur Schule, aber lange schlafen würde sie jetzt nicht mehr. In ein paar Minuten würde die Sonne durchs Dachfenster scheinen und Emmas Nasenspitze kitzeln. Davon würde Emma aufwachen und mit guter Laune aus dem Bett und in den Tag springen.

»Buenas días!«, würde sie rufen. Emma wächst sozusagen fünfsprachig auf. Ihre Mutter führt das Gästehaus Wallner in Oberalpendorf. Franzosen, Spanier, Engländer, Italiener, Österreicher, Amerikaner, alle kommen zu Besuch.

Freilich spricht Emma nicht alle Sprachen gleich gut. Auf Französisch kann sie vier Wörter, Spanisch fünf, Englisch ziemlich viel, viel mehr als vierzig, Italienisch drei. Gleich würde es so weit sein …

… aber halt! Es ist Dezember, und wenn Oberalpendorf im Dezember wie eine Postkarte aussehen soll, dann müsste Schnee liegen. Viel Schnee, unter dem alles verschwindet, was herumsteht. Büsche, Fahrräder, Autos, Mülltonnen. Aber richtig viel Schnee gibt es schon lange nicht mehr. Mindestens drei Jahre lang. Richtig viel Schnee gibt es im Augenblick nur in Emmas Traum. Deswegen hat sie auch so ein Lächeln um den Mund, als sie sich die Bettdecke noch einmal bis unter die Nasenspitze zieht. Emma träumt nämlich von Schnee, der für sie zu Weihnachten gehört wie die Sahne auf einen Eisbecher. In ihrem Traum sitzt sie auf einem Schlitten, den ihr Vater durch den tief verschneiten Wald zieht.

Neben Emmas Bett hängen selbst gemalte Bilder. Bis auf die Farbe Weiß sind alle Farben in ihrem Malkasten noch voll, denn Emma hat auf den Bildern Schnee gemalt. Schnee, der als Flocken vom Himmel fällt, Schnee, der auf Hügeln liegt, Schnee auf der Schneeschaufel, Schnee auf Bäumen. Emma will den Schnee herbeimalen. Sie hat Angst, dass er wieder ausbleibt. Letztes Jahr kam er nur für eine Woche als dünne Zuckerschicht zu Besuch. Oberalpendorf ohne Schnee, das geht gar nicht. Und Weihnachten in Oberalpendorf ohne Schnee noch viel weniger. Aber es ist schon Dezember. Und der Schnee lässt auf sich warten.

Emma wünscht sich den Schnee so sehr, dass sie manchmal glaubt, aus einem anderen Land zu kommen, Grönland, Island oder Sibirien. Aber das stimmt nicht. Keiner ihrer Vorfahren kommt aus einem der kalten Schneegebiete.

»Buenas días«, sagt Emma wenig später trotzdem gut gelaunt, als sie barfuß in die Küche tapst, obwohl es Regen ist, der an die Fensterscheiben trommelt. Emma lässt den Kopf nicht hängen. Es muss einfach weiße Weihnachten geben. Außerdem ist Emma ein fröhlicher Mensch.

»Guten Morgen, mein Schatz!«, antwortet ihre Mutter. In der Küche läuft das Radio mit dem Wetterbericht.

»Heute tagsüber Regen«, hört Emma da. »Und über tausendzweihundert Meter Schnee.«

Tausendzweihundert Meter, denkt Emma, *bis dahin ist es noch weit.* Aber bis Weihnachten ist es nicht mehr weit. Eine Woche nur noch.

»Ob bis Weihnachten der Schnee kommt?«, fragt Emma.

»Tja«, meint ihre Mutter. »Der Wetterbericht sagt mal so, mal so. Dabei sollte der es genauer wissen.« Sie lacht Emma an und streicht ihr liebevoll durchs Haar. »Emma, setz dich mal«, sagt sie dann und ihr Ton schlägt um. Plötzlich schwingt der Ernst des Lebens mit. Die Sorgenfalten auf der Stirn sind sein Muster.

Emma denkt, *was kommt denn jetzt?*

»Papa«, fängt ihre Mutter an und lächelt dabei.

»Papa! Wann kommt er?«, fragt Emma gleich. Die Freude auf ihren Vater ist genauso groß wie die Vorfreude auf Weihnachten. Emma hat ihren Vater jetzt schon drei Monate nicht gesehen, eine Ewigkeit. Ihr Vater ist Arzt und arbeitet für ein Jahr in Amerika in einem Krankenhaus. Jetzt, kurz vor Weihnachten, endet dort seine Zeit. Heute oder morgen will er kommen, und dann wird für Emma die Weihnachtszeit richtig beginnen. Ihr Vater spielt abends auf der Mundharmonika Weihnachtslieder und dann holt Emma mit ihm immer den Weihnachtsbaum. Im Wald vom Bauern Kreuzlechner machen sie das. Sie gehen mit einer Säge in den Wald und sägen sich den Baum selber ab. Einen, der sowieso gefällt werden muss, weil er zu nah an einem anderen steht. Das ist dann der schönste Weihnachtsbaum der Welt, weil er nicht so perfekt aussieht, als würde er aus einem Weihnachtsbaumlabor kommen.

Emma kann es kaum erwarten, dass ihr Vater kommt. Aber was soll die Sorge in der Stimme ihrer Mutter?

»Das ist es ja«, sagt jetzt ihre Mutter und legt den Arm um Emmas Schultern. »Wie es aussieht, wird Papa erst an Heiligabend kommen können. Mehrere Kollegen sind krank geworden. Er muss für sie einspringen.«

Aus einem Reflex heraus wirft Emma jetzt den Arm ihrer Mutter von der Schulter und macht einen Schritt zur Seite. Zorn steigt in ihr auf wie in einem Vulkan die Lava. Ihre Augen verfinstern sich.

»Aber Mama!«, schimpft sie. »Papa hat versprochen, dass er kommt. Und wer holt den Weihnachtsbaum? An Heiligabend ist das viel zu spät. Und Weihnachtslieder singen und spielen wir doch auch immer.«

Wie ein Krakenarm kommt da wieder die Hand von Emmas Mutter und zieht sie zu sich heran. Ein Seufzer schlüpft aus ihrem Mund.

»Emma, schau mal …«, beginnt ihre Mutter und erklärt, dass es zum Beruf eines Arztes gehört, dass er manchmal nicht zu Hause sein kann, obwohl es sich alle wünschen.

Aber die Worte haben jetzt nichts Tröstendes für Emma. Sie hat sich so auf ihren Vater gefreut. Und jetzt kommt er erst Heiligabend.

»Wir werden mit Papa telefonieren«, verspricht ihre Mutter jetzt. »Und am Heiligabend ist er da. Einen Weihnachtsbaum kaufen wir diesmal beim Händler.«

Trost ist das nicht gerade für Emma. Ohne ein Wort geht sie zur Schwingtür, die die Küche vom Frühstückraum trennt, und späht durch den Schlitz. Sie will sich ablenken. Sie denkt wieder an den Schnee, der genauso fehlt wie ihr Vater, und sieht im Frühstücksraum die Gäste sitzen.

Ob von denen jemand weiß, wie das Wetter wird? Die Gäste haben keine Ahnung, dass sie von Emma beobachtet werden.

Gästefütterung.

2

Viele Gäste sind es zurzeit nicht. Marlene Meier, die Esotante, wie ihre Mutter sie nennt, eine allein reisende Frau. »Esotante« sagt ihre Mutter, weil Marlene Meier immer einen etwas abwesenden Eindruck macht, als würde sie in anderen Sphären schweben. Ihre Mutter hat gesagt, Marlene Meier sei Esoterikerin. Sie spricht oft vom Kosmos und den unerforschten Energien, die da oben herumschwirren. Marlene Meier Esotante sitzt ganz aufrecht am Tisch, damit ihr Heiligenschein nicht vom Kopf fällt. Genauso aufrecht hat Emma sie einmal auf dem Boden ihres Zimmers auf einem Kissen sitzen sehen. Das hat ausgesehen, als würde sie im Schneidersitz schlafen.

Meditieren sei das, hat Marlene Meier Esotante erklärt. Und das sei so etwas wie mit dem Kosmos zu sprechen. Ganz nach innen gehen und damit eins mit dem Kosmos sein. Wie das funktionieren soll, da hat Emma keine

Ahnung. Marlene Meier Esotante isst und trinkt nur Gesundes, beinahe nur Körner und Milch. Aber nicht etwa normale Milch, mindestens laktosefrei muss sie sein oder Soja. Ein bisschen geht sie Emmas Mutter mit ihren Sonderwünschen auf die Nerven. Gesundheitsapostel nennt Emmas Mutter das.

Wer mit dem Kosmos spricht, der müsste doch eigentlich wissen, ob es Schnee gibt, denkt Emma.

Außer Marlene Meier sind noch die Kowalskys im Frühstücksraum, eine amerikanische Familie. Mit dabei Tochter Sandy, ungefähr so alt wie Emma. Sie spricht kein Deutsch, sagt dafür aber ziemlich oft: »Oh my god! Really?«

Sandy ist eigentlich nicht ohne ihr Smartphone oder das Tablet ihrer Eltern anzutreffen. Sie guckt darin ständig »Toons«, wie sie es nennt. Animationsfilme. Von Oberalpendorf bekommt sie nicht viel mit. Manchmal aber schicken ihre Eltern sie zu Emma, damit sie für eine Weile vom Smartphone wegkommt. Dann hängt sie an Emma wie eine Klette, was ein bisschen nervig ist.

Gregor ist auch im Frühstücksraum. Gregor ist …

… *Gregor? Was macht denn der hier?!*

Blitzschnell fährt Emmas Kopf zu ihrer Mutter herum.

»Da sitzt Gregor!«, flüstert sie. »Wieso ist der hier?«

»Ich vermute mal, zum Frühstücken«, antwortet ihre Mutter. »Das macht man normalerweise in einem Frühstücksraum.«

»Ja, aber, Gregor? Kann der das überhaupt?«

»Mit Zähnen und Mund und Händen geht das.«

»Ich meine: Wieso darf der das? Er ist doch nicht unser Gast.«

»Heute schon.«

»Hä?«

Emma und ihre Mutter sprechen sehr leise, damit man im Frühstücksraum nichts mitbekommt. Dort herrscht größtenteils Schweigen, nur hin und wieder flüstern die Kowalskys miteinander auf Amerikanisch. Besteckgeklapper hört man noch und leise das Radio.

»Seine Mutter arbeitet doch neuerdings im Sonnenhotel«, erklärt Emmas Mutter. »Heute hat sie Frühdienst. Und sie hat vergessen einzukaufen, der Kühlschrank ist leer. Da hat sie gefragt, ob Gregor zum Frühstücken zu uns kommen kann.«

Emma dreht sich wieder zum Türschlitz und beobachtet den Ort des Geschehens.

Gregor ist der Nachbarjunge. Eigentlich ist Emma mit ihm befreundet. Ihr bleibt ja auch nichts anderes übrig, weil er immer vor ihrer Tür steht, die rechte Hand wie zu einem Schwur erhoben, »Hallo« sagt, und »Was geht ab?«.

Blöder Jungengruß. Was soll schon abgehen? Ab geht nämlich so gut wie nie was in Oberalpendorf. Abgehen könnte höchstens mal eine Lawine, wenn Schnee da wäre.

Mit krummem Rücken, wie ein Fragezeichen, sitzt Gregor am kleinen Tisch hinten an der Wand. Der Fragezeichenrücken passt zu ihm, weil er oft sagt: »Keine Ahnung.«

Aber genauso oft wie er »Keine Ahnung« sagt, glaubt er dann wieder alles zu wissen. Wie ein Angeber. Gregor ist beides, Besserwisser und Nullchecker. Eine seltsame Mischung, wie Emma findet. Er und seine Mutter kommen seit drei Jahren an Weihnachten zu ihnen ins Gästehaus Wallner. Gemeinsam mit ihren Eltern und ein paar Gästen feiert Emma dann Heiligabend. Emma kennt es nicht anders und sie findet es schön.

»Geh zu ihm! Sag ihm Guten Morgen«, meint ihre Mutter jetzt. »Dann kannst du auch gleich noch ein bisschen Obst auf dem Buffet auffüllen. Ich schneide das hier gerade.«

Wenig später drückt Emma die Schwingtür zur Seite und balanciert mit einer Schale voll geschnittenem Obst in den Frühstücksraum. Augenblicklich drehen sich alle Köpfe zu ihr. Emma wird freundlich begrüßt und sie grüßt zurück.

»Guten Morgen, Emma«, sagen die amerikanischen Kowalskys mit ihrem amerikanischen Akzent. »Guten Morgen«, sagt auch Marlene Meier Esotante.

»Good Morning!«, grüßt Emma zurück und stellt die Obstschale aufs Frühstücksbuffet.

Gregor zieht erst mal nur seine Augenbrauen nach

oben. Schon legt er sein Buttermesser zur Seite, um seine Hand freizuhaben. *Gleich wird es kommen*, denkt Emma, und es kommt. Die Finger seiner rechten Hand formen sich zu einem Schwur oder einem Victoryzeichen oder einfach nur zu einem V. Und Gregor grinst und fragt: »Hi, was geht ab?«

»Buenas días«, sagt Emma nur und setzt sich zu ihm.

»Welche Laus ist dir denn über die Leber gelaufen?«, fragt Gregor, dem nicht entgeht, dass Emma heute Morgen nicht die Fröhlichste ist.

»Mein Papa kommt erst an Heiligabend«, sagt Emma.

»Der Amerikaner?«, fragt Gregor nach.

»Er ist kein Amerikaner«, stellt Emma richtig.

»Aber er arbeitet in Amerika. Lassen die ihn nicht mehr raus?«

»Mann, Gregor!«, stöhnt Emma. »Klar lassen die ihn raus. Er ist Arzt und muss Leben retten. Da kann man nicht immer Weihnachten zu Hause sein.«

»Heiligabend ist Weihnachten.«

»Ja und?«

»Wenn er an Heiligabend kommt, ist er Weihnachten zu Hause. So viel ist sicher.« Dann sagt Gregor: »Ein bisschen doof ist es trotzdem. Da geht es dir beinahe wie mir. Nur, dass es bei mir noch doofer ist. Mein Vater kommt nämlich gar nicht zu Weihnachten.«

Stimmt, denkt Emma und merkt, dass Gregor ja viel schlechter dran ist. Sein Vater ist zu Weihnachten nicht da, weil er einfach nie da ist. Gregors Vater lebt woanders, von seiner Mutter getrennt. Gregor will schon lange, dass sein Vater mal wieder zu Weihnachten zu ihnen kommt. Aber seine Mutter ist dagegen.

Obwohl Gregor es schlechter hat als sie, überlegt Emma, wie es wäre, so lange schlechte Laune zu haben, bis ihr Vater kommt. Immer nur rummotzen. Die Stimmung dazu hätte sie jetzt. Schlechte Laune haben ist gar nicht so schwer. Aber so ist Emma nicht. Schlechte Laune hält bei ihr nie allzu lange.

»Selbstmord im Tierreich gibt es übrigens nicht«, sagt Gregor. »Das mit den Lemmingen ist reine Erfindung.«

»Wie interessant«, sagt Emma knapp. »Was sind denn Lemminge?«

»Kleine Nager, die sich angeblich von Klippen stürzen.«

»Wie lustig«, bemerkt Emma.

»Was ist denn daran lustig?«, empört sich Gregor.

Emma zuckt jetzt nur die Achseln. »Hast recht, ist nicht lustig.«

»Ist es okay, wenn ich mir noch ein Croissant hole?«, fragt Gregor mit kurzem Blick aufs Buffet. »Bei mir zu Hause gibt es das nicht.«

»Hol dir eines.«

Gregor ist groß für sein Alter und er ist dünn. Den Rücken hält er auch krumm, wenn er geht. Das sieht Emma jetzt mal wieder ganz deutlich, als er ans Buffet marschiert. Als ob da über seinem Kopf etwas schweben würde, wogegen er stoßen könnte. Oder etwas, das ihn zu Boden drückt.

Kein Wunder, dass sich Gregor vom Buffet ein Croissant holt, denkt Emma. *Das ist genauso krumm wie er.* Emma kommt sich vor wie bei einer Tierfütterung letzten Sommer, als sie mit ihrem Vater im Wald war und die Rehe bei der Futterkrippe beobachtet hat. Hat sie Gregor überhaupt schon mal frühstücken sehen?

Emma kann sich jedenfalls nicht daran erinnern. Er kaut komisch. Schiebt den Unterkiefer ein bisschen zur Seite wie eine Kuh.

3

Während Gregor isst, schaut sich Emma im Frühstücksraum um.

Die Esotante hat eine Schale mit Müsli vor sich. Die Körner können ihr nicht grob genug sein. Sie kaut auf dem Müsli herum wie der Nachbardackel Zampano auf einem Rinderknochen. Da fällt Emma wieder ein, dass sie Marlene Meier Esotante nach dem Schnee fragen wollte, und ob er ihr bei ihren Besuchen im Kosmos begegnet ist.

Die Kowalskys braucht sie nicht nach dem Schnee zu fragen. Die wissen das nicht, die kommen aus Texas, und dort gibt es keinen Schnee. Die Kowalskys sitzen an einem der Fenstertische, von denen man einen schönen Blick auf die Berge hat. Trotzdem starren sie hauptsächlich in ihre Smartphones, Sandy, aber auch ihre Eltern. Wenn sie nicht aufs Smartphone starren, essen sie Rührei.

Rührei kann Emma auch machen. Eier, Milch, Salz,

Pfeffer verrühren, kleine Pfanne, auf beiden Seiten anbraten, fertig. Manchmal mit gebratenem Speck, wie die Kowalskys es mögen.

Emma kann eigentlich alles im Gästehaus. Sie hat sogar auch schon Buchungen entgegengenommen am Telefon und Zimmer hat sie auch schon geputzt. Jetzt sieht sie, dass auf dem Frühstücksbuffet der Orangensaft leer ist.

Dann füll ich den mal nach, denkt sie. Als sie auf dem Weg zur Küche ist, will Marlene Meier Esotante, die zwei Tische weiter sitzt, wissen: »Emma, wie geht es dir?«

»Den Umständen entsprechend«, sagt Emma mit gerunzelter Stirn und die Esotante fragt nach den Umständen. Emma will jetzt nicht wieder von ihrem Vater anfangen und erwähnt den Schnee, den es nicht gibt. »Abwarten!«, rät Marlene Meier Esotante da und bekommt von den Kowalskys ein zustimmendes Nicken. »Noch ist eine Woche Zeit.«

»Ja, abwarten. You never know«, sagt Mister Kowalsky mit diesem Akzent in der Stimme, der sich ein bisschen so anhört, als hätte er einen Kaugummi im Mund oder als würde er jetzt gerade mit vollem Frühstücksmund sprechen. Sandy, seine Tochter, dreht sich dabei nach Emma um und lacht sie kauend an.

So richtig Mut können sie Emma nicht machen, trotzdem nickt und lächelt Emma zu den aufmunternden Worten der Gäste.

»Schnee gibt's hier keinen mehr«, sagt Gregor dann an Emma gewandt. »Klimaerwärmung. Weiß doch jeder.«

»Ach, du!«, schnauft Emma und guckt auf Gregors Teller. Selber hat sie noch keinen Appetit auf Frühstück. Der kommt bei ihr später. Wenn heute überhaupt. Mit der schlechten Nachricht ihrer Mutter ist ihr eigentlich der Appetit vergangen. Dazu der Regen und Gregor als Miesepeter.

Aber so wie Gregor gleichzeitig Nullchecker und Alleswisser sein kann, kann er auch Miesepeter und Witzbold zugleich sein. Seine Laune wechselt schnell, von gut zu schlecht. Eine Wundertüte eben.

Vielleicht hat das alles ja mit seinem Vater zu tun, der nie da ist.

Mit der neuen schlechten Nachricht ihrer Mutter versteht Emma Gregor besser. So wie Emma im Augenblick an Vatersehnsucht leidet, tut Gregor es eigentlich sein ganzes Leben lang.

Als Emma mit der Karaffe wieder in die Küche kommt, steht ihre Mutter an der Anrichte, eine Hand auf die Arbeitsfläche gestützt. Mit der anderen hält sie sich den Bauch. Das Gesicht ist schmerzverzerrt.

»Mama?«, sagt Emma ängstlich. »Tut dir was weh?«

Ihre Mutter kräuselt die Stirn, schüttelt den Kopf und nach einer Weile atmet sie entspannt aus und sagt: »Geht schon wieder.«

Geht aber nicht.

Denn zehn Minuten später sind die Schmerzen wieder da. Schlimmer als vorher.

»Du musst Papa anrufen«, sagt Emma. »Er muss jetzt kommen. Er ist Arzt!«

Ihre Mutter winkt nur ab. Das beruhigt Emma aber nicht. Sie meint, dass Mama Hilfe braucht. Ihr fällt Marlene Meier Esotante ein. Wer sich so gesund ernährt wie sie, weiß vielleicht auch über Schmerzen Bescheid. Emma eilt wieder in den Frühstücksraum. Die Schwingtüren klacken so laut und heftig, dass sich alle Köpfe zu ihr drehen.

»Emma, was ist?«, fragt Marlene Meier Esotante gleich.

Auch Gregor schreckt hoch.

»Was geht ab?«, fragt er.

»Das sieht nach Blinddarm aus«, sagt Marlene Meier Esotante, als sie in der Küche vor Emmas Mutter steht. »Damit ist nicht zu spaßen.«

Das finden auch die Kowalskys. Mittlerweile sind alle aus dem Frühstücksraum in die Küche geeilt. Mrs Kowalsky sagt von sich: »I'm a nurse!« Das heißt, dass sie Krankenschwester ist. Sie weiß, wie sich ein entzündeter Blinddarm bemerkbar macht.

»Appendicitis«, sagt sie auf Amerikanisch. »You better go to a hospital.«

Emmas Mutter sträubt sich noch dagegen.

»Wirklich Blinddarm? Ich kann aber nicht ins Krankenhaus«, sagt sie. »Wer soll denn die ganze Arbeit im Gästehaus machen? Außerdem ist Maria, das Zimmermädchen, krank.«

Alle stehen um Emmas Mutter in der Küche herum und reden ihr gut zu. Dass ihre Gesundheit vorgeht und sie jetzt ins Krankenhaus muss.

Sogar Gregor gibt seinen Kommentar dazu. »Blinddarm hatte meine Mutter auch. War nicht schlimm. Nach ein paar Tagen durfte sie wieder heim. Das Gästehaus läuft weiter. Emma und ich machen das.«

Da schaut Emma Gregor von der Seite an. *Der macht Vorschläge*, denkt sie. Aber er hat ja recht, das schaffen sie.

Also sagt Emma: »Klar, Mama. Ich kann doch alles. Und Gregor hilft mir. Wir schaffen das schon.«

»Und wir helfen auch alle!«, versichert Marlene Meier Esotante. »Werden Sie mal schön gesund. Und sorgen Sie sich nicht um die Zimmer. Den Roomservice brauchen wir nicht.«

Emma sitzt im Holzschuppen hinter dem Haus auf dem großen Rentierschlitten. Der gehört Herrn Paataanen, der bei sich keine Garage für den großen Rentierschlitten hat und ihn deshalb bei Emmas Eltern unterstellen darf. So lange Emma denken kann, lebt Herr Paataanen in Oberalpendorf. Er ist vor vielen Jahren als Tourist aus Finnland gekommen und hiergeblieben. Irgendwann hat er dann von einem seiner Besuche in seiner finnischen Heimat ein Rentier mitgebracht. Mit dem lebt er jetzt wie ein Einsiedler oben am Waldrand, am Fuß des Berges. Ein schrulliger älterer Mann. Fast alle Kinder haben Angst vor ihm, weil er meistens ziemlich finster dreinschaut und kaum ein Wort sagt. Aber an Weihnachten freut sich das gesamte Dorf, dass es Herrn Paataanen gibt. Denn jedes Jahr am Samstag vor Heiligabend verwandelt sich Herr Paataanen in den Weihnachtsmann und verteilt von seinem Rentierschlitten aus auf dem

Dorfplatz Geschenke. Aber nur, wenn genug Schnee ist, auf dem der Schlitten hinter dem Rentier durch die Straßen gleiten kann. Letztes Jahr ist die Schlittenfahrt ausgefallen. Und wenn der Schnee dieses Jahr erneut ausbleibt, wird es wieder nichts mit dem Rentierschlitten. Das wäre ziemlich doof, denn der Weihnachtsmann mit dem echten Rentierschlitten auf dem Marktplatz ist die größte Freude für die Kinder in Oberalpendorf.

Früher hat Emma das Rentier öfter besucht. Hat ihm beim Fressen zugeschaut, es gestreichelt. Ein Rentier in Oberalpendorf ist etwas Besonderes. Jetzt war sie aber schon länger nicht mehr bei Herrn Paataanen und seinem Rentier oben. Vielleicht ist daran ja auch der fehlende Schnee schuld. Zum Rentier gehört einfach Schnee, findet Emma.

Immer wenn Emma über das Leben nachdenken will, dann setzt sie sich oben auf den Rentierschlitten und schaut durch einen Türspalt auf das Dorf.

So wie jetzt. Emma ist noch nicht lange vom Krankenhaus zurück, in das die Kowalskys ihre Mutter gefahren haben. Dort wurde festgestellt, was alle schon befürchtet haben. Blinddarmentzündung.

Emmas Mutter muss möglichst schnell operiert werden und dann ein paar Tage im Krankenhaus bleiben. Wie gut, dass Emma alles kann, was mit dem Gästehaus zu tun hat. Damit sie aber nicht ganz allein mit der Aufgabe ist, hat ihre Mutter vom Krankenhaus aus gleich Tante Lissie angerufen, ob sie kommen und helfen könne.

Die jüngere Schwester von Emmas Mutter ist Hebamme in München und will so schnell wie möglich helfen. Aber sie kann erst am nächsten Tag kommen, weil sie gerade eine schwierige Schwangere betreut, die sie nicht sofort alleine lassen kann. Sie muss noch eine Kollegin suchen, bei der ihre Patientin gut aufgehoben ist. Sie wird sich aber sehr beeilen.

Während Emma auf dem Rentierschlitten sitzt, denkt sie darüber nach, was alles zu tun ist. Die Zimmer räumen sie selber auf, haben die Gäste gesagt. Und sie würden auch gerne auf das gute Frühstück verzichten oder helfen, es zuzubereiten. Aber das will Emma nicht. Frühstück macht sie nämlich ganz gerne.

Emma stützt gerade ihren Kopf in die Hände und schaut durch die geöffnete Schuppentür nach draußen, als plötzlich Gregor in der Tür steht.

»Dachte ich mir's doch, dass ich dich hier finde«, sagt er. »Was geht ab?«

Ohne auf Emmas Antwort zu warten, die auf diese Frage sowieso nicht mehr antworten will, sagt er: »Wie gesagt, ich helfe dir, den Laden hier zu schmeißen. Ich wollte schon immer mal Geschäftsführer eines Unternehmens sein.« Gregor betritt den Schuppen und klettert zu Emma auf den Schlitten.

Als er neben ihr sitzt, schielt ihn Emma von der Seite an und zieht ihre Stirn kraus. »Ja, klar«, sagt sie. »Geschäftsführer ist genau das, was wir jetzt brauchen.«

»Sag ich doch.« Gregor klopft ihr aufmunternd auf die Schulter. »Mach dir keine Sorgen«, sagt er. »Blinddarm ist nicht schlimm.«

»Hmm«, macht Emma. »Das hat der Arzt im Krankenhaus auch gesagt. Und die Kowalskys und die Marlene Meier Esotante auch.«

»Marlene Meier Esotante?«

»Die Frau, die Körner isst.«

»Ah ja.«

»Die meditiert auch. Weißt du, was das ist?«, fragt Emma.

»Meditieren?«, sagt Gregor. »Wenn ich nicht irre, sitzen Leute, die so was machen, im Schneidersitz herum, haben die Augen geschlossen, Hände auf den Knien und Fingerspitzen nach oben. Sieht heilig aus. Buddhamäßig. Ist so 'ne Art Neustart fürs Gehirn.«

»Genau«, sagt Emma.

Draußen vor dem Holzschuppen hat der Regen wieder eingesetzt. Die Wolken hängen tief über dem Tal und es sieht überhaupt nicht nach Schnee aus. Dafür ist es auch nicht kalt genug. Es ist gerade recht für Regen. Das kann ziemlich miese Stimmung machen.

»In acht Tagen ist Weihnachten«, stellt Emma fest. »Und alles grün.«

»Ja«, sagt Gregor. »Was wünschst du dir zu Weihnachten?«

»Ich habe drei Wünsche«, sagt Emma.

»Wie in einem Märchen bei einer guten Fee. Die sagt auch immer. Du hast drei Wünsche frei. Nämlich?« Gregor schaut erwartungsvoll.

»Dass meine Mama schnell gesund wird, dass mein Papa vielleicht doch noch vor Heiligabend kommt und dass wir Schnee kriegen.«

»Aha«, macht Gregor. »Wer besorgt eigentlich den Weihnachtsbaum, wenn dein Vater erst Heiligabend kommt?«

»Ja eben«, seufzt Emma.

»Ich habe auch drei Wünsche«, sagt Gregor.

»Und zwar?«

»Der erste Wunsch ist, dass mein Vater an Weihnachten kommt, der zweite, dass mein Vater an Weihnachten kommt. Und der dritte: dass mein Vater an Weihnachten kommt.«

»Deine drei Wünsche klingen ziemlich ähnlich«, sagt Emma.

»Ja«, antwortet Gregor. »Wenn nicht sogar identisch. Ich konzentriere mich beim Wünschen auf eine Sache. Das erhöht die Chancen.«

»Aha«, macht Emma.

»Aber okay«, sagt Gregor nach einer Pause. »Einen meiner Wünsche ersetze ich durch den Wunsch nach

Schnee. Damit dieser Schlitten hier mal wieder von dem gespenstischen Finnen bewegt wird. Sonst klebt der ja noch am Boden fest.«

»Ja«, sagt Emma. »Überall soll Schnee sein, über den der Rentierschlitten geräuschlos durch den Ort gleitet. Nur ein paar Glöckchen sind zu hören. Sonst nichts. So soll es sein.«

»Wie wär's?«, sagt Gregor. »Wenn wir den Weihnachtsbaum holen, du und ich? Im Wald vom Bauern. Einen Baum sägen, das kann ich auch.«

Emma wendet mal wieder ihren Blick Richtung Gregor. Sie verzieht ihr Gesicht. »Ob der Bauer uns Kinder an die Bäume lässt?«

»Wir könnten ja einen Erwachsenen mitschleppen. Wie wär's mit dieser Esotante? Während wir sägen, setzt die sich auf ihr Kissen und meditiert ein bisschen.«

»Ja, der Baum«, sagt Emma nur und sieht draußen dem Regen zu. Eine Weile sitzen sie wieder schweigend nebeneinander, bis Emma fragt: »Ist das immer noch mit den fünfzig Metern?«

»Die Länge eines Schwimmbeckens?«, fragt Gregor. »Ja. Soviel ich weiß.«

Emma schweigt zu dem Quatsch. Gregor weiß genau, was sie meint.

»Du meinst das mit meinem Vater?«, fragt Gregor nach einer Weile.

»Meine ich«, sagt Emma.

»Ja«, antwortet Gregor. »Ist immer noch.«

»Also echt!«, empört sich Emma da.

Die Sache mit den fünfzig Metern ist nämlich wirklich blöd. Gregors Vater darf sich seinem Sohn nur bis auf fünfzig Meter nähern. Er muss immer fünfzig Meter weit entfernt von Gregor bleiben. So hat es ein Richter beschlossen. Gregor weiß nicht, warum, und seine Mutter redet mit ihm nicht darüber.

Für Emma ist das eine so dumme Vorstellung. Ein Vater, der seinen Sohn nicht in den Arm nehmen darf. Dabei ist Gregors Vater kein schlechter Kerl. Das behauptet zumindest Gregor. Emma kennt Gregors Vater gar nicht. Aber wenn der Sohn sich so nach seinem Vater sehnt, dann ist das doch Liebe.

»Auch egal«, sagt jetzt Gregor. »Egal, ob er sich nur auf fünfzig Meter nähern darf. Es sind ja eh immer fünfhundert Kilometer zwischen uns.«

Emma weiß jetzt gar nicht, was sie dazu sagen soll. Gregor tut ihr irgendwie leid. Es ist ja auch wirklich ein großer Unterschied, ob der Vater erst am Heiligabend kommt oder nie. Gregor macht oft einen traurigen Eindruck, deswegen hat Emma auch das Bedürfnis, ihn immer wieder mal aufzuheitern. Obwohl das jetzt eher andersherum ist. Gregor versucht, Emmas Laune zu verbessern.

»Was liegt denn so an hier?«, fragt er jetzt. »Gästehausmäßig, meine ich.«

»Geschäftsführer brauchen wir nicht so sehr«, brummt Emma.

»Täusch dich da mal nicht«, sagt Gregor. »Neue Ideen sind immer gut. Man könnte den Laden mal so richtig auf Vordermann bringen. So richtig das Geld aus den Touristen rauskitzeln. Sauna in den Keller bauen. Wellness ist das Zauberwort. Da kommen die Leute und geben einen Haufen Kohle aus, damit sie warme Öltropfen auf die Stirn bekommen. Das könnten wir doch mal versuchen.«

Er rempelt Emma kumpelhaft an.

»Öltropfen auf die Stirn?« Emma schaut ihn von der Seite fragend an.

»Das habe ich im Fernsehen gesehen«, meint Gregor. »Die Leute liegen auf dem Rücken und schöne Frauen träufeln ihnen Öl auf die Stirn.«

»Du meinst, wir sollten die Kowalskys aufs Sofa legen und die Esotante tropft ihnen Öl auf die Stirn?« Emma verdreht amüsiert die Augen.

»Wir können das auch hier im Schuppen erledigen.« Gregor sieht sich prüfend um und wackelt dann zweifelnd mit dem Kopf. »Na ja, ein bisschen herrichten müsste man den Schuppen vorher schon«, meint er. »Paar Palmen reinstellen, Glasdach, schöne Musik, Dschungel halt.«

»Träum weiter.«

»Ne, echt jetzt. Wir können es ja mal mit dem Dackel

von meinem Nachbarn probieren. Versuchstier, du weißt schon.«

Emma schaut nach draußen auf den nieselnden Regen, der Schnee sein sollte.

»Was ist mit den Zimmern?«, fragt da Gregor. »Die Gäste brauchen doch Roomservice.«

»Es sind nur die Kowalskys da und die Esotante und alle haben gemeint, dass sie das nicht brauchen«, antwortet Emma.

»Und da sagst du, ihr braucht keinen Geschäftsführer«, empört sich Gregor künstlich. »Hotelgäste haben ein Anrecht auf aufgeräumte Zimmer. Das sorgt für ein gutes Gefühl. Komm, wir machen jetzt mal Roomservice. Ich bin hier, um dir zu helfen. Wenn du keine Wellness willst, dann machen wir wenigstens den Roomservice.«

Warum eigentlich nicht, denkt Emma. Ihrer Mutter würde das gefallen, wenn alles so weiterläuft wie immer. Sofort ist sie voller Tatendrang.

Sie springt vom Rentierschlitten und sieht Gregor herausfordernd an: »Gute Idee.«

»Echt jetzt?«

5

In der Kammer neben der Küche kramt Emma ein paar Putzsachen zusammen und gemeinsam mit Gregor stapft sie in den ersten Stock, zum Zimmer der Kowalskys. Sie klopfen an die Tür, obwohl Emma weiß, dass die Kowalskys außer Haus sind. Trotzdem klopft man an die Tür, das hat sie bei ihrer Mutter so gelernt. Weil keiner da ist, der »Hallo« oder »Herein« sagen könnte, sperrt Emma die Tür mit dem Generalschlüssel auf.

Als sie und Gregor im Zimmer stehen, merkt Emma, dass die Betten gemacht sind und nirgends Kleider rumliegen. Die Kowalskys haben selber aufgeräumt, wie sie es gesagt haben.

Trotzdem drückt Emma Gregor ein Staubtuch in die Hand.

»Hier«, sagt sie. »Wisch mal über die Möbel. Ich tausche die Mülltüten aus.«

Möbel wischen dauert bei Gregor zwei Minuten. Als

er damit fertig ist, atmet er einmal kräftig durch und sagt: »Puh, ziemlich anstrengende Arbeit.«

Aber damit noch nicht genug. Anschließend gehen die beiden ins Zimmer von Marlene Meier Esotante und wiederholen ihre Arbeiten, die eigentlich keine richtigen Arbeiten sind. Nach zwei Minuten sind sie auch wieder aus dem Zimmer von Marlene Meier Esotante.

Als sie wieder im Erdgeschoss sind, plumpst Gregor theatralisch auf einen Stuhl im Frühstücksraum. Er lässt den Kopf nach hinten über die Lehne fallen, stöhnt und rollt halb ohnmächtig den Kopf von einer Seite auf die andere. »Meine Güte!«, ruft er und ringt nach Luft. »Wie anstrengend ist das denn.«

»Reg dich ab«, lacht Emma. Ihre Laune hat sich gebessert, das merkt sie. Manchmal hilft es, einfach was zu machen.

»Deine Tante soll schnell kommen«, stöhnt Gregor. »Wir brauchen Hilfe. Wir ersticken in Arbeit.«

»Sie wollte morgen kommen«, sagt Emma.

»Sie soll sich beeilen«, schnauft Gregor. »Ich bin eher für die Denkarbeit geeignet. Geschäftsführer, du weißt schon.«

Während Gregor sich erholt, schaut Emma unter die Frühstückstische, ob da vielleicht gekehrt werden muss. Und sie prüft mit einem schnellen Blick das Buffet, das abgeräumt werden muss. Und auf zwei Tischen steht noch das Frühstücksgeschirr.

»Du kannst mir jetzt noch helfen, den Frühstücksraum aufzuräumen«, sagt sie dann. »Und die Küche sauber zu machen.«

»Was?«, staunt Gregor. »Aber dann hat ja deine Tante nichts mehr zu tun.«

»Die kommt ja auch erst morgen«, sagt Emma.

Da sich Gregor von vier Minuten Staubwischen dann aber doch recht schnell erholt hat, hilft er Emma den Frühstücksraum aufzuräumen. Aber auch hier gerät er schnell an seine Grenzen. Nachdem er drei Teller, vier Tassen und Besteck in die Küche getragen hat, braucht er eine erneute Pause.

»Mann, Emma!«, schnauft er wieder, über einen Stuhl gelehnt. »Wer hätte das gedacht, dass ein Gästehaus so viel Arbeit macht.«

Emma antwortet aus der Küche mit einem Lachen. Eigentlich ist sie jetzt froh über Gregors Hilfe, auch wenn es keine richtige Hilfe ist. Aber er ist gut gelaunt und sie amüsiert sich über ihn. Er bringt sie auf andere Gedanken, die stärker sind als ihre Enttäuschung, dass ihr Vater erst an Heiligabend kommt. Oder dass Weihnachten vielleicht ohne Schnee stattfindet.

»Ist das Frühstücksbuffet abgeräumt?«, ruft sie ihm durch die Schwingtür zu.

»Bis auf Müsli, Obst, Wurst, Käse, Milch, Orangensaft, Milch, Wasser, Marmelade, Honig und ein paar andere Sachen ist es so gut wie leer«, antwortet Gregor.

»Bitte alles in die Küche bringen!«, ruft Emma.

»Wollten wir nicht deiner Tante Arbeit übrig lassen?«, fragt Gregor.

Aber er erhebt sich mit müden Gliedern und beginnt, das Buffet abzuräumen.

In der Zwischenzeit wirbelt Emma in der Küche herum. Sie sortiert die Spülmaschine ein und verstaut die Lebensmittel im Kühlschrank, wobei ihr auffällt, dass einige Vorräte zur Neige gehen. Käse und Wurst zum Beispiel.

»Doof«, wendet sie sich an Gregor, als er mit der Karaffe Orangensaft in die Küche kommt. »Wir müssen einkaufen. Es fehlen ein paar Sachen. Auch Mineralwasser fehlt. Mama macht das immer mit dem Auto.«

»Was heißt das?«, fragt Gregor mit erschrockenem Gesicht nach.

»Dass wir einkaufen gehen müssen.«

»Ich darf nicht schwer heben«, wendet Gregor ein. »Ich bin zu schnell gewachsen. Unter dem Gewicht verrenken sich meine Wirbel.«

Da hören sie die Haustür ins Schloss fallen und wenige Augenblicke später betritt Marlene Müller Esotante zuerst den Frühstücksraum und dann die Küche.

»Hallo, ihr beiden«, grüßt sie. »Ich komme gerade von einem Spaziergang. Ziemlich ungemütlich da draußen. Kann ich mir an der Kaffeemaschine noch einen Kaffee machen?«

»Aber klar!«, antwortet Emma und überreicht Marlene Meier Esotante eine frische Tasse.

»Und deine Mama?«, fragt Marlene Meier Esotante, während sie die Kaffeetasse unter den Kaffeeautomaten stellt und einen Knopf drückt.

»Wie alle gesagt haben«, sagt Emma. »Es ist der Blinddarm und sie wird operiert. Ist aber nicht schlimm und in ein paar Tagen kann sie wieder heim.«

»Wirst sehen«, sagt Marlene Meier. »Wird alles gut.« Sie nippt an ihrem Kaffee und schaut sich im Frühstücksraum um. »Und ihr seid fleißig? Sieht schon wieder sehr aufgeräumt aus.«

»Ja«, sagt Gregor. »Jetzt müssen wir aber noch einkaufen gehen und viel Zeug schleppen.«

Marlene Meier Esotante macht ein aufmunterndes Gesicht, nippt noch einmal und lächelt die beiden über den Rand der Tasse an.

»Da kann ich euch doch helfen«, sagt sie. »Ich habe ein Auto. Wir fahren gemeinsam einkaufen. Dann müsst ihr nichts tragen.«

»Super«, sagt Gregor. »Jetzt brauchen wir nur noch jemanden, der uns die Sachen aus dem Supermarktregal holt.«

»Ich glaub, das schaffen wir«, meint Marlene Meier Esotante und zwinkert Gregor zu.

6

Als sie wenig später zu dritt im Auto der Esotante sitzen und Richtung Supermarkt fahren, hat der Regen ein wenig nachgelassen. Trotzdem wandert der Scheibenwischer über die Windschutzscheibe von links nach rechts.

»Bald ist Weihnachten«, sagt Marlene Meier Esotante und schaut durch den Innenspiegel auf die Rückbank, auf der die Kinder sitzen. »Freut ihr euch?«

»Und wie«, sagt Emma. »Aber doof, dass Papa erst an Heiligabend kommt.«

»Warum das?«, fragt Marlene Meier Esotante.

Als Emma die Sache mit ihrem Vater erklärt, sagt Marlene Meier Esotante:

»Na ja. Hauptsache ist doch, er kommt überhaupt an Weihnachten.«

»Ich hätte auch gerne, dass mein Vater an Weihnachten kommt«, schaltet sich da Gregor ein. Und er klärt Marlene Meier Esotante über seine Familienverhältnisse auf.

Marlene Meier nickt dazu und fragt: »Und gemeinsam Weihnachten feiern geht nicht?«

»Nein«, sagt Gregor. »Meine Mutter mag das nicht.«

»Und du schon?«

»Klaro«, sagt Gregor.

»Und wenn du dir das mal so richtig, richtig wünschst?«

»Tu ich ja schon dauernd.«

Emma schaut aus dem Fenster und merkt, dass das jetzt ein sehr ernstes Gespräch werden könnte, das Gregors Laune wieder in den Keller befördert. Sie will vom Ernst des Lebens ablenken und sagt: »Ich wünsch mir, dass Mama schnell aus dem Krankenhaus kommt. Und dass Papa vielleicht doch noch früher kommt und dass es endlich schneit.«

Auch Gregor wiederholt seine drei Wünsche von vorhin.

Marlene Meier Esotante setzt den Blinker und biegt in den Supermarktparkplatz ein. »Ja, der Schnee, der könnte zu Weihnachten wirklich kommen. Das wäre schön hier in den Bergen.«

»Schnee für den Schlitten vom Rentier-Finnen«, setzt Emma nach. »Schnee für eine Schneeballschlacht, Schnee für einen Schneemann. Schnee, Schnee, Schnee!« Und dann erzählt sie von Herrn Paataanen, vom Schlitten und dass es wieder einen Weihnachtsmann mit einem echten Rentierschlitten geben soll.

»Dann müsst ihr ganz fest an Schnee denken und

ihn euch wünschen. Damit der Schlitten zum Einsatz kommt«, rät ihnen Marlene Meier Esotante, während sie aus dem Auto aussteigen, sich einen Einkaufswagen schnappen und den Supermarkt betreten.

»Ja«, sagt Gregor. »Aber solche Wünsche gehen nicht in Erfüllung. Schnee und dass der Vater kommt. Da kann man nichts machen.«

Wie er jetzt so neben ihnen den Einkaufswagen schiebt, fast so groß wie Marlene Meier, aber in gebückter Haltung, und wie seine letzten Worte wie ein einziger Seufzer aus ihm kommen, wirkt Gregor auf Emma plötzlich wieder sehr traurig. Und sie denkt einmal mehr, wie doof es ist, dass sein Vater nicht kommen darf. *Da muss doch was zu machen sein, dass Gregor mit seinem Vater Weihnachten feiert*, denkt sie.

»Ach«, ruft Marlene Meier Esotante und wedelt mit der rechten Hand in der Luft herum. »Das würde ich so nicht sagen. Man darf nie aufgeben zu hoffen und zu wünschen. Also bei mir ist das so: Wenn ich mir zu sehr was wünsche, dann bin ich total davon besessen und verkrampfe mich. Ich fühle mich irgendwie hart an. Dann meditiere ich ein bisschen und werde ruhig und gelassen. Und alles erscheint dann auch nicht mehr ganz so wichtig. Und da ist es mir schon passiert, dass sich die Dinge dann ganz von alleine geregelt haben. Ganz unverkrampft.«

»Ganz von alleine?«, staunt Gregor und schaut Marlene Meier Esotante von der Seite an. »Wie durch Zauberei oder was?«

»Ja«, antwortet Marlene Meier Esotante. »Das war dann beinahe so was wie Zauberei. Ein bisschen so, als würden geheime Wünsche in Erfüllung gehen. Vielleicht hilft das ja bei Kinderwünschen vor Weihnachten. Weihnachten ist schließlich eine ganz besondere Zeit.«

»Meditieren?«, fragt Emma.

»Heißt das, wenn ich auch so still in der Gegend sitze, kommt vielleicht mein Vater zu Weihnachten?«, will Gregor wissen.

»Na ja.« Marlene Meier wiegt ihren Kopf von einer Seite auf die andere. »Ihr könnt es ja mal ausprobieren. Schaden kann es jedenfalls nicht.«

»So im Schneidersitz sitzen und die Augen zu?«, bohrt Gregor nach.

»Ja, an nichts denken und dabei so ganz nebenbei entspannt werden. Einen Versuch wäre es ja wert.«

»Und wie lange muss man so sitzen?«, fragt Gregor.

»Versuch es doch mal mit zehn Minuten«, antwortet Marlene Meier. »Mit zehn Minuten fängt man an.«

Mittlerweile haben sie ihren Gang durch die Regale gestartet. Emma greift nach Joghurt, Butter, Milch und anderen Dingen. Säfte, Obst und Gemüse, alles was das Frühstücksbuffet interessant macht. Sie gehen weiter zu den Getränken und schieben eine Kiste Mineralwasser auf den Einkaufswagen.

Wenig später haben sie ihre Einkäufe erledigt, packen alles ins Auto und fahren wieder zur Pension.

Als sie die Einkäufe in die Küche getragen haben, kündigt Gregor an, dass er jetzt mit dem Dackel vom Nachbarn, dem Zampano, spazieren gehen will.

Dazu hätte Emma jetzt auch Lust. Die Arbeiten im Gästehaus sind getan.

»Nimmst du mich mit?«, fragt sie. »Ich verstau die Einkäufe noch im Kühlschrank. Dann hol dich ab, okay?«

»Okay«, sagt Gregor und geht nach Hause.

7

Zampano ist ein gutmütiger Dackel, der sich fast alles von Gregor gefallen lässt. Als Emma in den Garten kommt, liegt er mucksmäuschenstill auf der Bank vor dem Haus neben Gregor, der ihm den Nacken krault. Gregor hat in der anderen Hand eine kleine Kanne.

»Was macht ihr da?«, fragt Emma.

»Ich habe Zampano hypnotisiert«, sagt Gregor, ohne aufzusehen. »Und jetzt schau …« Gregor bewegt die Hand mit der Kanne über Zampanos Kopf und lässt daraus einen kleinen Tropfen Flüssigkeit auf die Stirn des Dackels fallen. »Das ist Wellness«, sagt er. »Das kommt aus Indien. Da heißt das Ayurveda.«

Aber Zampano will kein Wellness. Und er ist auch nicht hypnotisiert. Kaum ist der Tropfen auf seiner Stirn gelandet, schüttelt er den Kopf und springt von der Bank. Als er Emma bemerkt, beginnt er heftig mit dem Schwanz zu wedeln und winselt.

Emma bückt sich und streichelt den fiependen Hund. Auf der Stirn spürt sie einen feuchten Fleck.

»Hallo, Zampano«, sagt sie. »Was hat denn der Gregor mit dir gemacht? Armer Hund. Bist du ein Versuchskaninchen, obwohl du ein Dackel bist.«

»Ich habe ihm Öl auf die Stirn geträufelt«, erklärt Gregor. »Wellness, das ist die Zukunft für Hotels. Auch bei Hunden.«

»Armer Zampano«, wiederholt Emma und schaut zu, wie der Dackel ihre Hosenbeine beschnüffelt.

»Stell dir vor«, sagt Gregor und steht von der Bank auf. Mit der Hand macht er große Bögen in die Luft und er spricht dazu. »Über der Tür von eurem Hotel steht: *Emmas Wellness-Palast*. Und dann sind da im Garten Springbrunnen und Diener rennen herum und die reichen Gäste zahlen nur mit Hundertern bar oder Kreditkarte und alles vom Feinsten. Und ihr hättet viel Personal. Das alles wäre möglich mit Wellness. Ihr müsstet mich nur machen lassen.«

Emma hat jetzt keine Lust auf Gregors anstrengende Fantasien. Sie würde jetzt lieber eine Runde mit Zampano gehen. »Hast du die Leine?«, fragt sie.

»Hier«, sagt Gregor. »Aber vergiss nicht, was ich dir gesagt habe.«

»Ich glaub schon«, lacht Emma.

Zampano erwartet sie schon am Gartentor, wo er winselnd mit dem Schwanz wedelt. Als Gregor ihn dann an die Leine nimmt und das Gartentor öffnet, weiß Zampano auch, wo es langgeht. Er zerrt gleich nach links Richtung Wiese und wenig später Richtung Wald. Er zerrt und hechelt. Es kann ihm nicht schnell genug gehen.

»Wir gehen ja gar nicht mit Zampano spazieren«, lacht Emma, »sondern er mit uns.«

»Das macht er immer so«, sagt Gregor. »Er zerrt mich über seinen Lieblingsweg. Aber so wild ist er sonst nicht. Das macht der Tropfen Öl auf der Stirn. Der macht ihn lebendiger. Das ist ja das Geheimnis von Wellness. Dass die Lebensgeister geweckt werden. Wellness macht die Leute zehn Jahre jünger. Und Hunde auch.«

»Dann wär ich ja gar nicht mehr auf der Welt, wenn ich Wellness machen würde«, sagt Emma.

»Hääää?« Gregor sieht Emma von der Seite fragend an.

Emma rechnet ihm vor, dass sie neun Jahre alt ist, und wenn sie mit Wellness zehn Jahre jünger wird, dann wäre es ein Jahr vor ihrer Geburt.

»Stimmt!«, antwortet Gregor. »Eine Verjüngungskur funktioniert nur bei Älteren. Weil die wieder jung werden wollen. Oder nie alt werden. Deswegen würden euch ja auch in *Emmas Wellness-Palast* nie die Gäste ausgehen.«

Emma sieht jetzt vor sich das Haus des Rentier-Finnen am Waldrand abseits des Weges auftauchen. Es ist ein altes, zugewachsenes Haus, aus dem Rauch aus dem

Schornstein kommt. Vorne ist es von einem großen Garten umgeben und dahinter steht in einem kleinen Gehege ein Stall für das Rentier. Ein paarmal hat Emma das Rentier unter Aufsicht vom alten Finnen auch durch das Gehege geführt. Irgendwann aber ist ihr Herr Paataanen unheimlich geworden. Dass alle Kinder vor ihm Angst haben, hat auf Emma abgefärbt. Sie hat sich nicht mehr wohl gefühlt in seiner Anwesenheit. Ein komischer Kauz ist der Finne nämlich schon. Lebt alleine mit einem Rentier am Waldrand. Und wenn man ihn besucht, dann spricht er nicht viel. Mit Kindern kann er sowieso nichts anfangen. Außer wenn er den Weihnachtsmann macht und Bonbons verteilt. Dann ist er wie verwandelt – verwandelt in den Weihnachtsmann. Und trotz seiner Schrulligkeit wünschen sich eigentlich alle im Ort, dass Herr Paataanen mal wieder als Weihnachtsmann mit seinem Rentierschlitten durch den Ort fährt.

Emmas Mutter hat einmal gesagt, dass die Menschen im hohen Norden, wo sie mit viel mehr Kälte und Schnee leben, etwas zurückgezogener sind. Sie sprechen nicht so viel wie beispielsweise Italiener, die ihr Leben eher im Freien verbringen.

Früher hat man sich im Ort ein paar Schauergeschichten über den Finnen erzählt. Jemand hat den Kindern Angst eingejagt, indem er behauptet hat, der alte Paataanen würde im Keller Kinder gefangen halten. Aber dann hat jemand gesagt, dass das Haus überhaupt keinen

Keller habe, und dann war das Gerücht auch schnell wieder aus der Welt.

Emma fühlt sich jedenfalls besser, wenn sie zu Herrn Paataanen Abstand hält, wie alle Kinder.

»Das Haus vom alten Paataanen.« Gregor deutet mit dem Finger drauf. »Du weißt schon, dass der seinem Rentier Kinder zum Fressen gibt. »

»Klaro«, sagt Emma und lacht. »Aber nur zum Frühstück.«

»Der Schornstein raucht. Da wird gerade eines zubereitet.«

»Gregor spinnt wieder«, sagt Emma, bückt sich zum Dackel und streichelt ihn. »Das weiß der Zampano, gell. Das kennt der Zampano schon, ja, der Brave!« Dann nimmt sie Gregor die Leine aus der Hand und läuft mit Zampano weiter.

8

Als sie auf der Höhe des Hauses sind, fährt Emma und Gregor der Schrecken in die Glieder. Denn aus dem Inneren des Hauses hören sie ein lautes Husten bis auf die Straße. Dann geht plötzlich die Tür auf und der alte Paataanen schwankt auf wackeligen Beinen mit einer Mülltüte in den Garten. Er steckt in einem alten Hemd mit verblichenen Karos und in einer zerschlissenen blauen Latzhose. Mit versteinerter Miene setzt er einen Fuß vor den anderen. Er steuert die Mülltonne neben dem Gartentor an. Es dauert nicht lange, da entdeckt er Emma, Gregor und Zampano. Sein Blick ist unverändert finster. Zu schmalen Schlitzen zieht er die Augen zusammen, als würde er nicht richtig sehen.

»Hilfe«, flüstert Gregor Emma zu. »Der Finne hat uns gefunden. Jetzt kommt er uns fangen. Komm, wir tun so, als würden wir ihn nicht bemerken!« Er beschleunigt seinen Schritt.

Leider spielt aber Zampano dabei nicht mit. Denn der hat Herrn Paataanen längst entdeckt und begrüßt ihn mit einem lauten Gekläff.

»Ruhig, Zampano!«, ruft Emma.

Jetzt lenkt der alte Paataanen seinen unfreundlichen Blick auf den kläffenden Dackel. Danach sieht er Gregor an und dann wieder Emma.

Kaum vorstellbar, denkt Emma, *dass sich die Kinder zu Weihnachten auf so einen alten Griesgram freuen.*

Doch im Gesicht des Finnen scheint sich etwas zu tun. Lächeln trifft es nicht ganz, was da um seine Lippen spielt. Aber das finstere Gesicht wirkt auf einmal etwas heller. Emma glaubt, dass er sie erkannt hat, und da spricht er auch schon, obwohl er ja so gut wie nie redet.

»Emma. Richtig?«, sagt er.

»Hallo, Herr Paataanen«, antwortet Emma.

Das war's auch schon mit dem Gespräch. Herr Paataanen wirft die Mülltüte in den Mülleimer und wendet sich wieder seinem Haus zu. Langsam setzt er wieder einen Schritt vor den anderen. Emma und Gregor atmen schon erleichtert auf, als sich der alte Finne noch einmal umdreht.

Er deutet mit dem Zeigefinger an seine Nase und sagt: »Ich rieche Schnee.«

»Wirklich!«, staunt Emma da. »Das wäre aber schön. Dann würde es ja den Weihnachtsmann mit Rentier geben.«

Herr Paataanen reagiert auf Emmas Worte nicht. Anstatt zu antworten, verschwindet er wieder in seinem Haus. Emma, Gregor und Zampano setzen ihren Weg fort.

»Das ist ja was«, sagt Emma. »Finnen können den Schnee riechen, wenn er noch gar nicht da ist! Vielleicht kommt ja wirklich Schnee.«

»Ja«, sagt Gregor. »Eine Wetterstation auf Beinen. Wir haben zu Hause auch eine Wetterstation. Mama klopft da immer dran, wenn sie wissen will, wie das Wetter wird. Kann man auf den Finnen auch klopfen?«

»Klaro!«, sagt Emma. »Wenn du ihm an die Stirn klopfst und er lacht, dann wird die Sonne scheinen. Wenn er weint, dann wird es regnen. Komm, wir gehen zurück und du probierst es mal aus.«

»Nein, danke. Bei dem kannst du an die Stirn klopfen, bis du alt bist. Lachen wird der nie«, sagt Gregor und übernimmt wieder die Leine von Zampano. Er zerrt den Hund von einem Fleck weg, an dem der sich festschnüffeln will. »Außerdem möchte ich nicht an einen Finnen klopfen. Der Paataanen ist mir unheimlich.«

Sie gehen noch ein Stück in Richtung Hang und dann am Waldrand entlang. Auf einem schmalen Weg kehren sie wieder in den Ort zurück, wo sie bald vor Gregors Nachbarhaus ankommen. Zampano zerrt schon und will in seinen Garten, noch bevor Gregor die Klingel von Herrn Gmeiner gedrückt hat, Zampanos Herrchen. Herr

Gmeiner, ein älterer Herr, bedankt sich bei Gregor und lässt seinen Dackel in den Garten.

»Und jetzt? Was liegt an?«, fragt Gregor, als sie bei ihm zu Hause angekommen sind.

»Ich werde mal ins Gästehaus gehen und nach dem Rechten sehen«, antwortet Emma. »Vielleicht ruft ja auch mein Vater an oder das Krankenhaus.«

»Brauchst du noch Hilfe?«, fragt Gregor. »Wenn du nach dem Rechten siehst, könnte ich nach dem Linken schauen.«

»Für heute sind die Arbeiten erledigt«, sagt Emma. »Aber du kannst es ja mal mit dem Meditieren von Marlene Meier versuchen.«

»Gute Idee«, sagt Gregor. »Sitzen und an nichts denken klingt nach wenig Anstrengung. Und wer weiß, jetzt wo der Finne den Schnee gerochen hat, liegen ja vielleicht auch Väter in der Luft. Bis morgen, Emma.«

»Bis morgen!«, sagt Emma.

Während sie noch vor Gregors Haus steht, grübelt Emma darüber nach, was man machen könnte, dass Gregor mit seinem Vater Weihnachten feiern kann. Als sie sich zum Gehen wendet und die Rückseite ihres Gästehauses sieht, mit den Balkonen und Fenstern nach Süden, hat sie plötzlich einen verrückten Gedanken. Da es keinen Zaun um den Garten der Pension gibt, kann man auf direktem Weg ungehindert zum Hintereingang gelangen. Als sich Emma noch einmal umdreht und in

Gregors Haus das Licht angehen sieht, schätzt sie die Entfernung von dem Punkt, an dem sie steht und der Mauer von Gregors Haus auf fünf Meter. In der Schule hat sie gelernt, wie weit sie die Schritte voneinander setzen muss, um einen Meter abzuschreiten. Mit diesen ausladenden Schritten macht sie sich jetzt auf den direkten Weg zur Pension Wallner.

Vorsichtig setzt sie einen großen Ein-Meter-Schritt vor den anderen und zählt dabei ihre Schritte. Sie überquert die Straße, betritt ihren Garten, durchschreitet die Wiese, kommt an ihrer alten Kinderschaukel vorbei, an einer Teppichstange und erreicht schließlich die Hintertür der Pension. Emma weiß, dass die Tür verschlossen ist und dass sie den passenden Schlüssel nicht dabeihat. Aber darum geht es auch nicht. Sie will einfach nur wissen, wie weit die beiden Häuser auseinanderliegen, Gregors und ihres. Und es sind genau achtundvierzig Schritte, die sie gemacht hat. Zusammen mit den geschätzten fünf Metern von vorhin sind es dreiundfünfzig Schritte, also dreiundfünfzig Meter.

Nicht schlecht, denkt Emma und merkt, wie sich ganz von alleine ein raffinierter Plan entwickelt. *Ja*, denkt sie, *das könnte funktionieren*, und sie geht um das Haus herum zum Vordereingang.

Als sie die Haustür aufsperrt, bemerkt Emma, dass es schon später Nachmittag ist. Es ist still drinnen, sie hört nur den Getränkekühlschrank im Flur und denkt, ob sie nicht mal bei ihrem Vater in Amerika anruft. In Amerika ist es jetzt noch früh am Tag. Sie greift zum Telefon und wählt seine Nummer, die sie auswendig kann. Emma merkt, wie ihr Herz aufgeregt schlägt, während es in der Leitung tutet. Plötzlich hört sie überraschend nah die Stimme ihres Vaters.

»Papa!«, sagt Emma und merkt, wie gut es tut, seine Stimme zu hören. Ihre Enttäuschung darüber, dass ihr Vater erst am Heiligabend kommt, ist nur noch halb so groß.

»Hallo, meine liebe Emma!«, sagt er. »Wie geht es dir?«

»Gut«, antwortet Emma. Und ihr Vater sagt, dass Mama bald schon wieder zu Hause sein werde und dass er komme, so schnell er könne. Emma erzählt von den Gästen, vom Schnee, den sie sich wünscht, und dass Tante Lissie morgen komme. Dass der Laden ganz gut laufe. Ihr Vater sagt, dass er stolz auf sie sei. Und dass er sich auf ein schönes Weihnachten freue.

Danach telefoniert Emma noch mit ihrer Mutter, die ihr sagt, dass es ihr gut gehe und dass sie schon morgen operiert werde. Emma brauche sich aber keine Sorgen zu machen.

Emma macht sich aber trotzdem Sorgen. Aber sie merkt, dass sie sich dabei auch ziemlich erwachsen vorkommt, so ganz ohne Eltern und allein mit den Gästen im Gästehaus.

Aber dass Emma nicht zu sehr ins Grübeln kommt, dafür sorgt Marlene Meier Esotante. Die klopft nämlich an die Küchentür und lädt Emma in die Pizzeria ein.

»Au ja«, freut sich Emma. »Ich liebe Pizza!«

9

Am nächsten Morgen liegt die ganze Verantwortung fürs Frühstück bei Emma. Und wie gut, dass es den zuverlässigen Gregor gibt. Als Emma um sieben Uhr morgens die Arbeit in der Küche beginnt, klopft er auch schon an die Fensterscheibe der Küche. Geschwind öffnet Emma ihm die Tür. Gregor macht einen müden Eindruck. Aber es ist wohl nicht nur die frühe Morgenstunde daran schuld, er wirkt wieder niedergeschlagen.

Emma und Gregor reden nicht viel, sie sind konzentriert bei der Arbeit. Sie schneiden Brot, legen Wurst und Käse auf die Teller, kochen heißes Wasser und Emma bereitet sogar Rührei zu. Am Ende biegt sich das Frühstücksbuffet wie immer.

Die Kowalskys und Marlene Meier Esotante staunen nicht schlecht, als ihnen klar wird, dass hinter dem üppigen Frühstück ausschließlich Gregor und Emma stecken.

»Faboulous!«, schwärmt Mr Kowalsky von dem Rührei. »It's like every day!«

»Ja, wirklich«, bemerkt auch Marlene Meier Esotante anerkennend. »Toll, Emma. Du kannst das Gästehaus schon ganz alleine führen.«

Emma freut sich über das Lob, und es sorgt auch bei Gregor für eine Stimmungsaufbesserung.

Als Emma schon begonnen hat, die typischen Gregorkommentare zu vermissen, sagt er: »Es steckt auch wochenlange Arbeit dahinter.« Er schüttelt den Kopf, schränkt dann ein: »Na ja, wochenlang vielleicht nicht, aber eine Dreiviertelstunde wird es gewesen sein.«

Als das Frühstück vorbei ist und Gregor und Emma die Küche aufräumen, klingelt es. Blitzschnell rennt Emma zur Eingangstür, denn sie weiß, wer das ist. Eigentlich kann das jetzt nur ihre Tante Lissie sein.

Und da steht sie vor der Tür mit ihren braunen langen Locken, ihrem Hippiefummel, wie Emmas Mutter die Kleidung von Tante Lissie nennt, weites buntes T-Shirt und eine Pluderhose. Darüber ein kuscheliger Lammfellmantel. Lissie stellt die Reisetasche neben sich, geht in die Knie und breitet ihre Arme aus, in die sich Emma hineinfallen lässt wie in ein großes, weiches Kissen.

»Tante Lissie!«, ruft sie.

»Komm her, meine Kleine! Wie geht es?«

»Gut! Wir sind gerade mit Frühstück fertig. Wie schön, dass du da bist!«

Nach der innigen Umarmung gehen sie ins Haus, wo im Flur Gregor steht, der mal wieder lässig seinen Arm hebt und »Hi!« sagt und: »Gestatten, Gregor! Vorübergehender Geschäftsführer. Sind Sie die Neue?«

Gregor läuft langsam zur alten Form auf, denkt Emma, während Tante Lissie ihm ihre Hand entgegenstreckt und gleichzeitig Emma einen fragenden Blick zuwirft. Emma winkt nur ab.

»Ist'n Spinner!«, sagt sie. »Er hilft mir und ist größenwahnsinnig.«

»Okay!«, lacht Tante Lissie und lässt sich von Emma und Gregor in den Frühstücksraum führen, wo Emma auf Tante Lissies Wunsch mit dem Kaffeeautomaten einen Cappuccino zubereitet.

Tante Lissie stellt ihre Tasche ab und setzt sich auf einen Stuhl. Sie lächelt Emma zu und atmet ein paarmal tief durch. »Deine Mama macht ja Sachen«, sagt sie und schüttelt den Kopf.

»Ja«, sagt Emma. »Ziemlich doof.«

»Ist aber nicht schlimm«, sagt Tante Lissie. »Blinddarm ist eine Routineoperation und sie wird bald wieder daheim sein.«

Als der Cappuccino fertig ist, nippt Tante Lissie an ihrer Tasse und setzt sie ab. Sie streicht Emma über den Kopf. Ihre Blicke wechseln zwischen Emma und Gregor, der neben der Flügeltür zur Küche an der Wand lehnt. »Und ihr seid fleißig? Oder gab's Probleme?«

»Nein«, sagt Emma. »Keine Probleme.«

»Der Laden läuft auf Notbetrieb und das funktioniert fabelhaft«, sagt Gregor.

»Notbetrieb, was heißt das?«, fragt Tante Lissie.

»Ich bin das Notaggregat«, sagt Gregor. »Ich springe an, wenn der Totalausfall droht. Wenn ich ausfalle, dann ist Weltuntergang.«

Tante Lissie nickt und lacht. »Verstehe«, sagt sie. »Aber jetzt bin ich ja da. Gemeinsam mit euch kann man wohl wieder auf Normalbetrieb umstellen. Emma, zeigst du mir mein Zimmer? Danach kannst du mir erklären, was es alles zu tun gibt.«

Nachdem Gregor sich nach getaner Arbeit wegen Übermüdung verabschiedet hat – »Muss mich noch mal aufs Ohr hauen« –, geht Emma mit ihrer Tante nach oben.

Während sie ihr das Zimmer zeigt, erklärt sie nebenbei die anfallenden Arbeiten im Gästehaus. Einkaufen, Zimmer sauber machen und Frühstück vorbereiten, Arbeit in der Küche, eventuell Wäsche waschen.

»Hört sich an wie ein normaler Haushalt, nur größer«, sagt Tante Lissie. Sie packt ihre Sachen aus und erzählt währenddessen von ihrer schwierigen Patientin.

»Ich wäre wirklich schon gestern gekommen«, sagt Lissie. »Aber die Anne ist nicht einfach, glaub mir. Sie tut so, als sei sie die erste und einzige Schwangere auf der Welt. Sie will mir nicht von der Pelle weichen. Zum Glück hat meine Kollegin Irmi ihr Vertrauen gewonnen.«

»Ich freu mich so, dass du da bist!«, sagt Emma und schmiegt sich noch einmal an Lissie.

»Ich mich auch!« Tante Lissie klatscht voller Tatendrang in die Hände und steht auf. »Was gibt's zu tun? Soll ich mir mal die Küche anschauen?«

Als Emma und ihre Tante auf den Flur treten, treffen sie auf die Kowalskys, die sich für einen Tagesausflug fertig machen. Mit dabei Sandy und ihr Smartphone. Die Kowalskys begrüßen Tante Lissie sehr freundlich und wechseln mit ihr ein paar englische und ein paar deutsche Sätze.

Auch Marlene Meier Esotante begegnen sie auf dem Weg zur Küche.

»Ah, Emmas Tante«, grüßt sie. »Wie schön, dass Sie da sind. Emma und Gregor haben die Sache bisher wunderbar gemacht. Emma ist schon eine richtige kleine Chefin.«

»Ja, das glaube ich«, sagt Tante Lissie und legt ihre Hand auf Emmas Schulter. »Eigentlich wollte ich hier auch nur Ferien machen«, fügt sie noch mit einem Augenzwinkern hinzu.

Danach stürzt sich Tante Lissie mit Eifer in die Küchenarbeit. Obwohl die Küche eigentlich aufgeräumt ist, blitzt sie bald wie in einer Fernsehwerbung. Keine Oberfläche, die nicht glänzt und funkelt. Emma ist beeindruckt, wie ihre Tante durchs Haus wirbeln kann und wie die Handgriffe sitzen. Nach zwei Stunden ist nicht nur die Küche auf Vordermann gebracht, auch die Böden vom Frühstücksraum, der Treppe und vom Flur sind gewischt und Handtücher und Tischdecken sind in der Waschmaschine.

»Gell, da staunst du«, sagt Lissie und streicht Emma wieder durchs Haar. »Und jetzt fahren wir zu deiner Mutter. Mal sehen, wie es ihr geht. Außerdem freut sie sich bestimmt, dich zu sehen.«

Und wie sie sich freut. Emmas Mutter ist erstaunlich fidel. Das liegt daran, dass die Operation gut verlaufen ist und sie sich schon wieder überraschend fit fühlt. Sehr bald darf sie wieder das Krankenhaus verlassen, hat der Oberarzt gesagt, mit Sicherheit wird sie Weihnachten zu Hause sein. Sie lacht und ist bester Dinge. Und als sie erfährt, dass das Gästehaus auch ohne sie sehr gut weiterläuft, fühlt sich Emmas Mutter beinahe schon wie im Sanatorium.

»Na, ihr braucht mich ja gar nicht mehr«, sagt sie. »Sehr gut, dann kann ich es mir ja hier gut gehen lassen. Ich bekomme das Essen ans Bett und brauche mich um nichts zu kümmern, außer darum, dass ich so wenig wie möglich mache. Ein bisschen wie ein Gast in meinem eigenen Gästehaus.«

»Du kannst gerne nach Hause kommen und dich verwöhnen lassen«, sagt Lissie. »Ich bin ja jetzt da und schmeiße mit Emma den Laden.«

»Und mit Geschäftsführer Gregor«, ergänzt Emma lachend.

Emma und ihre Tante bleiben zwei Stunden im Krankenhaus. In dieser Zeit telefonieren sie gemeinsam mit Emmas Vater in Amerika und Tante Lissie erzählt viel von ihrer Arbeit. Irgendwann aber ist Emmas Mutter müde und Emma und Tante Lissie brechen wieder auf und fahren nach Hause.

Als sie mit dem Auto vor der Pension vorfahren, bekommt Tante Lissie einen Riesenschreck. Und weil Tante Lissie erschrickt, erschrickt auch Emma. Denn auf dem Parkplatz steht ein Auto aus München, und vor dem Haus wartet eine hochschwangere Frau darauf, dass ihr jemand die Tür aufmacht.

»Du meine Güte!«, stöhnt Tante Lissie, nachdem sie den Motor abgestellt hat. »Das darf jetzt nicht wahr sein.«

Emma fragt: »Ist das deine …?«

»… Patientin Anne«, ergänzt Tante Lissie und setzt leise hinzu: »Ja, das ist die Anne. Meine schwierige Schwangere.«

Als sie aus dem Wagen steigen, ist bei Tante Lissie der erste Schock schon wieder verflogen. »Anne!«, ruft sie. »Was machst du denn hier?«

»Ich konnte nicht anders«, antwortet Anne mit bedauerndem Blick und dicken Kummerfalten auf der

Stirn. »Die Irmi ist wirklich nett. Aber ich bin so beunruhigt und nervös. Ich merke, dass ich in deiner Nähe sein möchte. Bei dir fühle ich mich einfach sicher. Es ist doch nicht mehr so lange bis zur Geburt. Ich habe das Gefühl, es kann jeden Moment losgehen.«

»Anne, mach dir mal nicht so viele Sorgen. So schnell kommt das Kind nicht«, beruhigt sie Lissie.

»Versteh das bitte«, sagt Anne zu Lissie. »Du gibst mir Ruhe und Sicherheit.« Sie dreht sich zum Haus und blickt über die Fassade. »Du hast gesagt, das ist ein Gästehaus. Gibt es da noch ein Zimmer?«

Oh je, denkt Emma und kommt langsam näher. *Noch ein Gast*. Das bedeutet für sie und Gregor: mehr Arbeit. *Aber mit Tante Lissie*, denkt Emma dann auch gleich, *ist das zu schaffen*.

Trotzdem lässt Lissie einen Seufzer hören. »Ach, Anne«, sagt sie und schüttelt den Kopf. »Du willst wirklich hier wohnen?«

»Nur solange du hier bist und aushilfst. Deine Schwester kommt doch bald wieder aus dem Krankenhaus und dann fahren wir gemeinsam nach München, was meinst du?«

Tante Lissie schaut Emma an. »Das ist meine Nichte Emma«, sagt sie zu Anne. »Ich hab dir von ihr erzählt. Solange ihre Mutter im Krankenhaus ist, ist sie die Chefin. Ob ein Zimmer frei ist, weiß nur sie.«

»Hallo, Emma!« Anne lächelt Emma mit bettelndem

Hundeblick an. »Ich hab schon gehört, dass deine Mutter im Krankenhaus ist. Blinddarm. Wie geht es ihr?«

»Gut«, antwortet Emma und geht mit zögerlichen Schritten hinüber zu ihrer Tante und zu Anne. »Sie ist heute operiert worden. Bald wird sie auch wieder aus dem Krankenhaus entlassen.«

»Hört sich gut an«, antwortet Anne und lächelt Emma immer noch an.

Emma ist zwar ein bisschen mulmig, die Entscheidung zu treffen. Aber es gefällt ihr, wie Lissie sie als Jungchefin vorgestellt hat. Ob ein Zimmer mehr oder weniger belegt ist, darauf kommt es jetzt auch wirklich nicht an. Und so eine Schwangere kann man ja nun nicht abweisen.

»Ja, wir haben ein Zimmer«, sagt Emma. »Kein Problem. Zimmer 4 ist frei. Ein Doppelzimmer.«

»Na, das wäre ja genau richtig für mich. Wir sind ja quasi schon zwei. Und Peter kommt ja sicher auch noch.«

»Peter?«, staunt Emma.

»Mein Mann. Der Vater von dem Kind.«

Es werden ja immer mehr, denkt Emma.

»Aber ihr dürft nicht zu anspruchsvoll sein«, sagt Tante Lissie. »Das Gästehaus läuft auf Sparflamme. Keine Extrawünsche.«

»Keine Angst«, lacht da Anne. »Ich trinke auch gerne kalten Kaffee.«

»Da hast du aber Glück«, sagt Emma. »Der ist bei uns nämlich heiß.«

Während Emma und Lissie Annes Gepäck in den ersten Stock tragen, denkt Emma plötzlich wieder an ihre Idee von gestern, aus der vielleicht ein guter Plan werden könnte. Mit Gregors anhaltenden Stimmungsschwankungen hat sich dieser Gedanke bei ihr mehr und mehr festgesetzt.

Als Tante Lissie den Koffer von Anne in eine Ecke des Zimmers stellt, während hinter ihnen im Treppenhaus die schweren Schritte der schwangeren Anne langsam näher kommen, fragt Emma: »Sag mal, Tante Lissie, wenn man den Namen und den Ort von einem Menschen weiß, dann kann man ihn doch auch anrufen, oder?«

Tante Lissie sieht ihre Nichte mit einem Schmunzeln an. »Nanu, Emma. Gibt es da jemanden, von dem ich nichts weiß?«

Oh nee, denkt Emma und stöhnt innerlich. *Diese Erwachsenen immer mit ihren Fragen und Vermutungen.* Nicht das erste Mal, dass ein Erwachsener sich nach dem ersten Freund erkundigt.

»Quatsch!«, antwortet Emma.

»Der Gregor ist es also nicht.«

»Nein«, sagt Emma. »Gregor wohnt nebenan.«

Wie gut, dass ihre Tante jetzt nicht weiter nachbohrt. Lissie nickt, verzieht ihren Mund ein bisschen und sagt: »Klar. Wenn du den Namen kennst und den Ort, in dem der Mensch lebt, dann kannst du ihn ausfindig machen. Im Telefonbuch oder im Internet. Das ist ganz einfach. Aber so was weißt du doch.«

Internet! Wieso ist sie da nicht selber draufgekommen. Einfach Namen eingeben und suchen. Na klar weiß sie das. War eigentlich eine unnötige Frage.

10

Nachdem Anne ihr Zimmer bezogen hat und mit Tante Lissie gleich mal ein paar Minuten Schwangerschaftsgymnastik machen will, geht Emma schnurstracks zu Gregor.

Als sie klingelt und niemand öffnet, wird sie ungeduldig. Ist Gregor wieder mit Zampano spazieren? Emma klingelt noch mal. Immer noch nichts. Jetzt muss sie doch mal nachschauen und geht ums Haus. Gregors Zimmer ist im Erdgeschoss einmal um die Ecke. Gleich das zweite Fenster zum Garten.

Als Emma sich lang macht und in sein Zimmer späht, erschrickt sie kurz, bevor sie sich wundert und schließlich schnell versteht, was sie da sieht.

Auf dem Boden sitzt Gregor im Schneidersitz mit geschlossenen Augen, die Hände auf den Knien mit den Handflächen nach oben. So wie sie es bei Marlene Meier Esotante mal gesehen haben.

Gregor versucht seinen Vater herbeizumeditieren.

Ungeduldig klopft Emma an die Fensterscheibe, als Gregor seine Augen öffnet und sie entdeckt. Schnell springt er vom Boden auf. Sein Gesicht läuft rot an, als er das Fenster aufmacht.

»Was machst du denn hier?«, fragt er.

»Du hast die Klingel nicht gehört. Meditierst du?«

»Ach was«, antwortet Gregor und winkt ab. »Hab nur nachgedacht.«

»Musst dich nicht schämen. Hilf mir rein, dann meditieren wir zusammen. Wir meditieren unsere Väter her. Väterbeschaffung. Dann kommt mein Vater vielleicht früher. Zu zweit hat das Universum keine Chance gegen uns.« Sie macht eine winkende, auffordernde Handbewegung. »Los, hilf mir.«

Gregor lehnt sich ein Stück weit aus dem Fenster und greift nach ihrer Hand, während sich Emma mit der anderen am Fensterbrett abstützt.

»Stemm deine Füße gegen die Wand, dann ziehe ich dich hoch«, sagt er.

Emma strengt sich an, traut sich aber noch nicht so richtig, beide Füße gegen die Wand zu stemmen. Wenn Gregor sie loslässt, fällt sie nach hinten auf den Rücken.

»Du musst beide Füße gegen die Wand stemmen«, ächzt er. »Ich halt dich schon.«

Emma spürt jetzt seinen festen Griff um ihr Handgelenk. Sie klammert sich mit der anderen Hand an den

Fensterrahmen, und tatsächlich, es klappt. Mit einem Sprung vom Fensterbrett landet Emma in Gregors Zimmer und lässt sich gleich auf dem Boden im Schneidersitz nieder. Wie eben noch Gregor.

»Komm, setz dich neben mich!«, sagt Emma. »Unsere Väter warten schon. Wir meditieren sie her und den Schnee auch.«

»Hat doch eh keinen Zweck«, murmelt Gregor mutlos, lässt sich dann aber doch neben Emma nieder, winkelt die Beine an und schließt die Augen.

Lange hält es Emma aber nicht schweigend neben Gregor aus. Schnell merkt sie, dass Meditieren furchtbar anstrengend ist. Stillzusitzen ist nicht Emmas Welt.

Sie öffnet ihre Augen und fragt: »Wie heißt dein Vater eigentlich?«

»Wolfgang«, antwortet Gregor mit geschlossenen Augen.

»Und noch?«

»Wolfgang Peter.«

»Ich meine den Nachnamen. Den hat er wohl auch, oder?«

»Lechner. Wieso?«

»Nur so«, antwortet Emma. »Vielleicht ist es ganz gut, das zu wissen für die Väterbeschaffung. Wenn man meditiert. Wo wohnt er denn?«

»Köln«, sagt Gregor. »In der Bonner Straße. Ziemlich weit weg.«

»Und wie alt ist er?«

»Zweiundvierzig.«

»Genau wie meiner. Ist bestimmt ein gutes Zeichen. Und was macht er so?«

»Mein Vater ist der Bruder von Superman«, sagt Gregor. »Der kann alles. Deswegen kann ich auch nicht genau sagen, was er macht, weil er immer wieder etwas Neues macht, das er auch noch kann.«

»Aha«, sagt Emma nachdenklich. »Bruder von Superman.«

Emma weiß jetzt, was sie wissen wollte. Sie schließt wieder die Augen und versucht an nichts zu denken. Aber das ist gar nicht so einfach. Wenn Emma an nichts denken soll, denkt sie an Schnee, an das kalte Knirschen unter den Schuhsohlen, die Stille, wenn der Schnee die Stimmen verschluckt, die Schneeflocken, wenn sie vom Himmel fallen und wie sie schmecken, wenn man den Kopf dabei in den Nacken legt und den Mund aufmacht, um eine zu fangen. Emma denkt an den verschneiten Wald, an eine rasante Schlittenfahrt den Forstweg hinunter, so wie sie es mit ihrem Vater einmal gemacht hat, letzten Winter, als im Februar einmal für zwei Wochen Schnee lag. Und wenn sie nicht an Schnee denkt, denkt sie an ihren Vater, an ihre Mutter und daran, was man machen könnte, damit Gregors Vater zu Weihnachten kommt. Es ist ziemlich viel, woran sie denkt, wenn sie versucht, an nichts zu denken.

Aber plötzlich …

Ganz plötzlich sind all die Gedanken weg. Und es kommen tatsächlich keine neuen. Für einen kurzen Augenblick gibt es tatsächlich nichts, woran Emma denkt. Vielleicht für eine Sekunde oder für eine halbe Sekunde …

Als Gregor neben ihr auf einmal anfängt zu husten, erschrickt Emma.

»So, genug davon«, sagt er und räuspert sich. »Ich muss jetzt aufhören mit dem Meditieren, sonst werde ich noch total plemplem von dem Gehocke.«

Er will jetzt was anderes machen. »Nach dem Gehocke muss ich mich bewegen«, sagt er. »Gibt's Arbeit bei euch?«

»Schon geschehen«, sagt Emma. »Hättest einem neuen Gast die Koffer tragen können.«

»Schon wieder ein neuer Gast?«, staunt er. »Wer denn?«

»Eine Schwangere von Lissie.«

»Kriegt die bei euch ein Kind?«

»Nein«, sagt Emma, »die will nur in der Nähe von meiner Tante sein. Die ist doch ihre Hebamme. Und ohne meine Tante fühlt die Anne sich nicht wohl.«

»Aha«, macht Gregor. »Dann geh ich jetzt mit Zampano 'ne Runde. Kommst du mit?«

»Nein«, sagt Emma. »Ich muss rüber. Wir sehen uns später, okay?«

»Okay.«

Emma steht auf und verlässt Gregors Zimmer auf dem gleichen Weg, auf dem sie gekommen ist, durchs Fenster. Auf dem Heimweg wählt sie wieder den direkten Weg zum Gästehaus und macht noch einmal Ein-Meter-Schritte. Wieder das gleiche Ergebnis. Dreiundfünfzig Schritte, dreiundfünfzig Meter.

Zu Hause geht sie schnurstracks ins Büro und setzt sich an den Computer. Sie hat einen eigenen Account und ein eigenes Passwort, das hat Papa ihr eingerichtet, als sie in die dritte Klasse kam. Sie öffnet den Browser und gibt den Namen Wolfgang Lechner ein, setzt noch Köln hintendran. Dann drückt sie die Entertaste und wartet, was geschieht. Es dauert nicht lange, da sieht Emma, dass es in Köln tatsächlich einen Wolfgang Lechner gibt. Das Problem ist nur, es gibt nicht nur einen. Gleich neun tauchen im Telefonverzeichnis im Internet auf. Emmas Herz beginnt wild zu klopfen, als sie sieht, dass es auch einen Wolfgang Lechner in der Bonner Straße gibt. Die gleiche Straße, in der Gregors Vater wohnt. Emma nimmt das Telefon und wählt die Nummer …

11

Die Stimme ist überraschend sympathisch. Herr Lechner hört sich überhaupt nicht an wie einer, der seine Frau schlecht behandelt oder sein Kind oder seinen Hund oder der sich sonst was zuschulden kommen hat lassen. Emma weiß, dass ihre eigene Stimme am Telefon älter klingt, als sie ist. Das haben ihr schon einige Gäste bestätigt, mit denen sie telefoniert hat. Und sie hat Übung darin, in ruhigem Ton mit Erwachsenen zu telefonieren. Das kennt sie auch vom Gästehaus. Da ist nichts Übereiltes oder Hastiges. Das kommt ihr jetzt zugute, als sie mit Gregors Vater spricht. Zudem versucht sie, ihre Stimmlage nach unten zu verlegen, um noch ein bisschen älter zu wirken.

»Guten Tag, Herr Lechner«, sagt sie. »Hier ist das Gästehaus Wallner in Oberalpendorf. Herr Lechner, Sie haben einen Sohn hier in Oberalpendorf, ist das richtig?«

»Äh, guten Tag«, hört Emma am anderen Ende der Leitung einen etwas verwirrten Herrn Lechner. »Ja, das stimmt, mein Sohn Gregor lebt in Oberalpendorf. Wieso, ist was mit ihm?«

»Es geht ihm gut«, sagt Emma. »Es ist nur so, Ihr Sohn ist ein Freund des Hauses sozusagen und er ist in letzter Zeit ein wenig traurig, weil er Sie so gerne an Weihnachten sehen würde. Und da hatten wir die Idee, Sie über Weihnachten zu uns einzuladen. Wir bieten Ihnen in unserem alpenländischen schönen Gästehaus ein Einzelzimmer zu einem einmaligen Sonderpreis an. Gästehaus Wallner ist quasi ein Haus der guten Tat.«

Am anderen Ende der Leitung ist jetzt nichts weiter zu hören als ein schweres Atmen, das wohl vom Nachdenken kommt. Emma spürt trotz aller Nervosität, wie ihr das Telefonat richtig Spaß macht. Sie kommt sich vor wie bei einem ihrer früheren Telefonstreiche mit Gregor, als sie eine Bewohnerin des Nachbarortes aufforderten, doch bitte das Kabel ihrer Telefonstation nachzumessen. Denn je länger das Kabel, umso höher die Rechnung. Als dann die Angerufene tatsächlich das Kabel von der Wand bis zur Telefonstation mit einem Zollstock nachgemessen und gesagt hatte, dass es einen Meter fünfundzwanzig lang sei und ob sie jetzt nachzahlen müsse, haben sich Emma und Gregor vor Lachen nicht mehr eingekriegt.

Aber das Gespräch jetzt ist ernst gemeint und alles

andere als ein Telefonstreich. Auch wenn ein gewisses Geflunker dabei ist.

»Ja, also«, hört Emma am anderen Ende Gregors Vater nach einer längeren Pause wieder. »Wie soll ich sagen. Nichts würde ich lieber tun, als mit Gregor Weihnachten zu feiern. Und ich weiß Ihr Angebot wirklich zu schätzen, junge Dame ...«

Junge Dame, sehr gut, denkt Emma, wenn einer sie junge Dame nennt, dann wirkt sie wirklich viel älter am Telefon.

»... es ist nur so, wie soll ich sagen, wegen einer dummen Sache und eigentlich völlig zu Unrecht ... da ist was sehr unglücklich gelaufen in der Vergangenheit und auch ein Missverständnis ... Jedenfalls ... nun ja, es hört sich wirklich blöd an ... aber es ist so, dass ich meinen Sohn nicht so einfach sehen kann. Da gibt es Schwierigkeiten.«

Diesen doch etwas langen Erklärungen folgt ein langes Ausatmen am anderen Ende der Leitung. Emma will jetzt keine große Pause entstehen lassen.

»Das mit den fünfzig Metern ist uns bekannt, Herr Lechner«, sagt die immer noch erwachsene Emma. »Aber wenn man sieht, wie sehr Gregor sich ein Weihnachtsfest mit Ihnen wünscht, dann kann da irgendwas nicht stimmen. Jedenfalls keine Sorge: Unser Haus befindet sich in einer Entfernung von exakt dreiundfünfzig Metern vom Zimmer Ihres Sohnes entfernt. Und wenn Sie das nette kleine Balkonzimmer beziehen, dann können Sie Ihrem Sohn sogar zuwinken. Ist denn das Winken außerhalb von fünfzig Metern erlaubt?«

»Sie wissen von den fünfzig Metern?«, wundert sich am anderen Ende der Leitung Gregors Vater. »Na so was. Hat Gregor mit Ihnen darüber gesprochen? Sie scheinen ja wirklich ein gutes Verhältnis zu ihm zu haben. Nun, ich glaube schon, dass das Winken erlaubt ist.« Und nach einer Pause fügt er noch an: »Aber verstehen Sie mich nicht falsch. Wenn ich meinem Sohn so nah bin, und es ist Weihnachten, dann ist es für mich fast schwerer, ihm nur vom Balkon aus zuzuwinken, als ihn einfach gar nicht zu sehen.«

»Da haben Sie recht, Herr Lechner, aber vertrauen wir doch einfach mal auf Weihnachten. Ich glaube, mit Gregors Mutter ist in dieser Sache sicherlich zu reden. Also, können wir mit Ihrer Anreise rechnen?«

Das Gespräch geht noch eine Weile so weiter und Emma hat immer mehr Spaß daran, so erwachsen zu sprechen. Am Ende hat sie tatsächlich die Zusage von Gregors Vater.

Er werde gleich seine Reise vorbereiten, meint er. Er freue sich riesig, sagt er, und Weihnachten scheine ja dieses Jahr eine der schönsten Veranstaltungen seines Lebens zu werden. Er habe sich nicht im Entferntesten träumen lassen, dass jemals so etwas Schönes geschehen würde. Das sei ja wohl nun wirklich wie Weihnachten. Gegen Ende der Woche werde er anreisen, sagt er.

Als Emma das Gespräch beendet hat, stellt sich ein Gefühl großer Zufriedenheit ein. Gleichzeitig aber meldet sich eine ebenso große Aufregung. Der Besuch von Gregors Vater wird ihre Welt in Oberalpendorf gehörig durcheinanderwirbeln. Das wird Emma mit einem Mal klar. Es wird ein paar Probleme geben. Gregor wird sie nicht mehr so einfach besuchen dürfen, wenn sein Vater bei ihnen wohnt. Zumindest so lange nicht, bis seine Mutter es erlauben würde. Oder aber Gregor müsste sich im Keller im hintersten Raum hinter den Heizungsbrenner quetschen und sein Vater oben im Dachboden hinter den Kamin. Nein, aber fünfzig Meter wären das auch nicht. Auch kein schönes Weihnachten.

Emma überlegt, ob sie Tante Lissie in ihre Pläne einweihen soll? Sie weiß es nicht. Auch wenn sie Tante Lissie absolut vertraut, hat sie jetzt Angst, dass die Welt in Oberalpendorf eine andere wird, wenn sie laut ausspricht, was sie bisher nur gedacht hat.

Für den restlichen Tag will Emma auf andere Gedanken kommen. Genau dafür ist ein Gästehaus sehr gut geeignet, denn es gibt immer was zu tun.

Eigentlich wollte Tante Lissie Emma ja helfen, den Frühstückstisch für den nächsten Tag zu decken. Aber leider lässt ihr Anne keine Ruhe. Wie es aussieht, braucht Anne eine intensive Betreuung.

Als Emma Teller und Tassen im Frühstücksraum verteilt, hört sie aus Annes Zimmer eine Etage über ihr

Annes schweres Keuchen während der Schwangerschaftsgymnastik.

Später am Abend, nachdem Emma noch einmal mit ihrer Mutter telefoniert hat, geht sie kurz vor die Tür, um in den Himmel zu schauen. Es ist kühler geworden. Emma atmet tief ein. Wie wohl Schnee riecht, wenn er noch gar nicht da ist?

12

Die folgenden Tage verlaufen ohne besondere Vorkommnisse. Emma hilft Tante Lissie beim Frühstückzubereiten, dann geht sie in die Schule. Wenn sie wiederkommt, unternimmt sie gemeinsam mit Gregor und Zampano Spaziergänge oder meditiert mit Gregor. Einmal fährt sie mit Lissie ins Krankenhaus zu ihrer Mutter. Und so gut wie immer erwartet sie Arbeit im Gästehaus.

Ansonsten verbringt Emma die Zeit mit Warten. Warten auf den Schnee, Warten auf ihre Mutter und auf ihren Vater, Warten auf Gregors Vater. Und natürlich Warten auf Weihnachten.

Das einzige Besondere in diesen Tagen des Wartens ist der Weihnachtsbaumkauf. Es ist anders gekommen, als Gregor und Emma es besprochen haben. Sie sind nicht mit Marlene Meier Esotante zum Bauern gefahren und haben einen Baum gesägt. Tante Lissie ist ihnen mit dem Vorschlag, einen Baum beim Händler zu kaufen, zuvorgekommen. Also ist Emma mit ihrer Tante losgezogen und gemeinsam haben sie draußen vor dem Supermarkt einen Baum ausgesucht. Kleiner als sonst und sehr schön gewachsen. Emma findet ihn zwar zu perfekt, aber für sie ist das jetzt okay so. Lieber einen im Supermarkt gekauft, als vielleicht gar keinen mehr erwischt. So wartet jetzt auch der Baum im Garten des Gästehauses unter dem Schuppendach auf Heiligabend.

Am Morgen nach dem Weihnachtsbaumkauf, am Donnerstag, wird Emma von einem seltsamen Geräusch geweckt. Im Halbschlaf schon hört sie dieses dumpfe Kratzen und Schaben. Es ist noch dunkel draußen, noch viel zu früh, um aufzustehen. Erst ärgert sich Emma, so früh aufgewacht zu sein. Als sie aber den Widerschein eines orange blinkenden Lichtes auf ihrer Zimmerdecke sieht, da weiß sie ganz schnell, was geschehen ist. Der Morgen ist noch nicht angebrochen, die Sonne steht noch längst nicht über den Berggipfeln, aber Emmas Herz ist schon erwärmt. Voller Vorfreude springt sie aus dem Bett, als wäre heute schon Heiligabend, und noch bevor sie am Fenster angekommen ist, entdeckt sie in der unteren Ecke am Fensterkreuz eine kleine weiße Verwehung. Es ist nicht zu fassen, Herr Paataanen hat recht gehabt, als er den Schnee gerochen hat!

Emma schiebt den Vorhang ganz zur Seite und sieht die verschneiten Bäume vor dem Haus, die weiße Straße und den Schneepflug, der mit seiner riesigen Schaufel den Schnee an den Straßenrand befördert.

Es sieht aus wie in einem Weihnachtsbilderbuch. Sie öffnet ihr Fenster. Schnee rieselt auf den Zimmerboden, und ja, jetzt riecht sie den Schnee auch. Sie riecht die Kälte und jede einzelne Schneeflocke. Erst jetzt haben die leuchtenden Sterne über der Straße, die jedes Jahr als Dekoration angebracht werden, ihre wahre Bedeutung gefunden. Sie strahlen das weihnachtliche Licht der Besinnlichkeit auf die weiß bedeckten Straßen. Emma staunt in die neue weiße Welt, als hätte sie so etwas noch nie gesehen. Sie kann ihr Glück nicht fassen.

Sie steht am Fenster und schaut den Flocken zu, die riesig und langsam vom Himmel schweben und die Erde mit einer weißen Schicht überziehen. Es dauert aber nicht lange, da wird Emma kalt. Sie schließt das Fenster, schlüpft in ihre Hausschuhe und schleicht in ihrem Nachthemd aus dem Zimmer, die Treppe nach unten, den Flur entlang, zum Zimmer ihrer Tante, das Lissie nicht abgesperrt hat. Vorsichtig öffnet sie die Tür und schlüpft zu ihrer Tante ins Bett, so wie sie es früher oft gemacht hat.

Zuerst ist nur ein Grummeln zu hören, dann schreckt Tante Lissie hoch: »Emma? Ist was?«

»Es schneit«, flüstert Emma ihrer Tante zu. »Es schneit riesige Flocken. Alles ist weiß. Die Straße, die Dächer, die Bäume, einfach alles. Stell dir vor!«

»Wirklich?« Staunend und neugierig richtet sich Lissie auf. Von ihrem Bett aus kann sie die Flocken geräuschlos an der Straßenbeleuchtung vorbei auf die Erde fallen sehen.

»Tatsächlich«, flüstert sie voller Freude. »Wie schön! Dann gibt es ja vielleicht wirklich weiße Weihnachten.« Sie nimmt Emma in ihre Arme und drückt sie. »Das hast du dir doch so sehr gewünscht.«

»Ja«, sagt Emma. »Weiße Weihnachten.«

»Das ist dann ja wie im Bilderbuch hier bei euch in den Bergen«, sagt Tante Lissie.

»Ja«, antwortet Emma. »Toll wäre es, wenn du auch bei uns bleibst. Da würden wir uns alle freuen. Bleibst du zu Weihnachten? Bei uns ist Weihnachten immer ganz schön.«

»Na ja«, meint Tante Lissie und schaukelt den Kopf zweifelnd hin und her. »Ich gebe ja nicht so viel auf Weihnachten. Aber warum eigentlich nicht. Ich fahre ja sonst immer zu Omi und Opi. Aber die sind ja dieses Jahr auf Teneriffa. Eigentlich ist das gar keine schlechte Idee, wenn ich bei euch bleibe.«

»Oh ja«, ruft Emma. »Das machst du. Bitte! Bitte!«

»Aber dann will sicherlich auch Anne bei mir bleiben.«

»Das kann sie doch«, sagt Emma. »Wir feiern doch immer Weihnachten mit Gästen.«

Plötzlich muss Emma an Gregors Vater denken. Wenn der bald vor der Tür steht und das versprochene Zimmer beziehen möchte, dann muss Lissie wissen, was los ist. Lissie muss in ihre Pläne eingeweiht werden, das ist unumgänglich. Und der Tag rückt näher, an dem auch ihre Mutter davon wissen muss.

»Du, Tante Lissie, übrigens …«, flüstert Emma jetzt ihrer Tante zu und schmiegt sich noch ein Stück weiter an sie. »Ich muss dir da noch was erzählen.« Und dann weiht sie Tante Lissie in ihre Pläne ein, die jetzt sowieso nicht mehr zu stoppen sind. Sie erzählt von Gregor und seiner Sehnsucht nach seinem Vater und dass Mama immer sagt, dass zu einem glücklichen Leben auch eine glückliche Kindheit gehört. Und zu einer glücklichen Kindheit gehören schöne Weihnachten mit den Eltern, findet Emma.

Weihnachten mit beiden Eltern kann doch nie und nimmer ein Fehler sein, wenn Gregor sich das so sehr wünscht. Fünfzig Meter hin oder her.

Und dann sagt Emma, dass sie den Vater ausfindig gemacht hat, so wie Lissie es ihr gesagt hat. Im Internet. Dass sie ihn angerufen und eingeladen hat, zu kommen. Und sie sagt, dass Gregors Zimmer genau dreiundfünfzig Meter entfernt ist und deswegen ja alles gut sei. Schließlich ist doch bald Weihnachten und das ist doch das Fest des Friedens und der Liebe.

»Du hast was?«, staunt da Tante Lissie und reißt ihre eben noch so verschlafenen Augen weit auf. Sie rückt ein Stück von Emma weg und schaut sie ungläubig an.

»Ja«, sagt Emma. »Ist doch ein genialer Plan. Und Gregors Vater hörte sich so nett an am Telefon. Da kann was mit diesen fünfzig Metern nicht stimmen.«

»Aber Emma!«, empört sich da ihre Tante. »Du kannst doch nicht Schicksal spielen. Emma, Emma!« Ihre Tante drückt Emma dabei noch ein bisschen fester an sich.

Sie schweigen jetzt eine Weile und sehen vor dem Fenster den Schnee in den nun langsam erwachenden Tag fallen. Die Morgendämmerung bricht an und bald würde im ganzen Ort winterliches Treiben beginnen.

»Da kann ich ja gar nicht anders, als Weihnachten hierzubleiben«, sagt Tante Lissie wieder. »Ich muss schließlich ein Auge drauf haben, was daraus wird. Und du wirst Unterstützung brauchen.«

»Au ja«, jubelt Emma. »Das ist schön. Glaubst du, dass für Mama das auch okay ist?«

»Na, besser als ein entzündeter Blinddarm ist das allemal«, stellt ihre Tante nüchtern fest.

Es ist zwar noch früh am Morgen und Emma ist eigentlich immer noch müde, aber es ist schon zu spät, um noch einmal einzuschlafen.

Sie wird jetzt aufstehen, denkt sie, und zum Bäcker gehen und die Brötchen holen. Außerdem muss sie bald in die Schule.

»Ich glaube, man muss den Schnee vor dem Haus räumen, oder?«, fragt Tante Lissie. »Habt ihr eine Schneeschaufel?«,

»Die Schaufel ist im Schuppen hinter dem Haus«, sagt Emma. »Eigentlich schade um den schönen Schnee. Aber du hast recht. Wir müssen den Gehsteig räumen. Ich hol die Schneeschaufel aus dem Schuppen und fang an zu räumen. Dann gehe ich zum Bäcker und hol die Brötchen für die Gäste.«

Emma schlüpft aus dem Bett, und als sie aus dem Zimmer geht, schickt ihr Tante Lissie noch hinterher: »Wir treffen uns dann in der Küche, ja?«

Mit leichten Schritten, Emma hat das Gefühl zu schweben, eilt sie in ihren Hausschuhen über den Flur zurück die Treppe nach oben. In ihrem Zimmer zieht sie sich warm an, denn mit dem Schnee ist es auch deutlich kälter geworden.

Die dicken Socken müssen es schon sein und auch ihre dicken Leggins, dann den Rock und einen Pullover. So eingepackt geht sie die Treppe wieder nach unten, zieht sich den Mantel über, schlüpft in die Winterstiefel und öffnet die Haustür.

Die Fußmatte vor der Tür ist schon weiß bedeckt. Emma setzt einen Schritt in den noch unberührten Schnee. Dann den zweiten. Dann zieht sie sich die Mütze weit über den Kopf und setzt vorsichtig einen Schritt vor den anderen. Nachdem sie aus dem Schuppen die Schneeschaufel geholt hat, schiebt sie den Schnee von der Eingangstür zur Straße und lehnt die Schaufel an die Hauswand. Den Gehsteig wird Lissie erledigen.

Als sie sich zum Bäcker aufmacht, knirscht unter ihren Sohlen der kalte Neuschnee. Emma dreht sich nach jedem Schritt um und schaut nach ihrem Abdruck. Ihre Spur verläuft hinter ihr im Zickzack. Nach zwei, drei Metern sieht sie wieder geradeaus und geht zügig zum Bäcker.

Der Nachbar, der alte Herr Wiesner, ist schon am Schneeräumen. Als ob er die ganzen Tage nichts anderes gemacht hat, als auf den Schnee zu warten, um ihn dann von seinem gesamten Gelände zu verbannen. Garagenvorplatz, Gehsteig, Terrasse, alles ist vom Neuschnee befreit. Schade eigentlich, denkt Emma. Trotzdem grüßt sie ihn freundlich.

»Guten Morgen, Herr Wiesner«, ruft sie und staunt, wie dumpf ihre Stimme klingt. Als würde sie vom Schnee verschluckt. »Jetzt ist Winter.«

»Guten Morgen, Emma«, grüßt Herr Wiesner freundlich zurück. »Ja, wie es aussieht, gibt es weiße Weihnachten. Wie geht es denn der Mama?«

»Der geht es gut«, ruft Emma über ihre Schulter zurück. »Ist ja nur der Blinddarm.«

»Dann wird sie ja bald wieder zu Hause sein«, sagt Herr Wiesner noch, bevor er sich wieder dem Schneeräumen widmet. Dort, wo er angefangen hat zu räumen, direkt vor der Garage, liegt schon wieder neuer Schnee.

13

Emma hat heute schon nach der zweiten Stunde aus. Für sie ist das wie Schneefrei. Als sie nach Hause kommt, will sie gar nicht rein. Nicht heute. Heute ist Schneetag. Auf dem Gehsteig, den Tante Lissie geräumt hat, ist schon wieder eine dicke neue Schicht. Emma schnappt sich die Schneeschaufel, die neben dem Eingang lehnt, und beginnt von Neuem Schnee zu räumen. Ganz vorsichtig macht sie das. Der Schnee ist für sie ein kostbares Gut. Leicht fühlt er sich auf der Schaufel an, wie ein leichtes weißes Pulver.

Als sie die Schneeschaufel wieder zurück in den Schuppen stellt, fällt ihr auf, dass der Rentierschlitten von Herrn Paataanen mit allerlei Kram zugestellt ist. Das ist nichts Neues, aber jetzt ist das mit einem Mal von großer Bedeutung. Die Gartenstühle, der Rasenmäher, das Fahrrad, der Rechen, eine Schaufel und der große Wäscheständer lagern zwischen dem Schlitten und der weißen Pracht da draußen. Und das Schlimmste: gestapelte alte Ziegelsteine sind auch dabei. Eine richtige Barriere sind die. Wie bitteschön soll denn Herr Paataanen den Schlitten nach draußen ziehen, wenn er als Weihnachtsmann mit seinem Rentier kommt?

Der Schlitten muss freigeräumt werden, unbedingt. Und ziemlich sofort. Gregor muss ihr dabei helfen.

Also stapft sie gleich wieder ums Haus herum, in die Nebenstraße hinein und hinüber zu Gregors Haus. Als Gregors Mutter die Tür aufmacht, wundert sie sich.

»Nanu, Emma, so früh? Gregor ist gerade von der Schule heim. Ist was passiert?«

»Schnee!«, strahlt Emma.

»Ja, schön, gell? Komm doch rein.« Gregors Mutter macht einen Schritt zur Seite.

Reinkommen heißt aber: Winterschuhe ausziehen, Mütze und Schal abnehmen und die Winterjacke ausziehen. Außerdem bedeutet das, dass keine Schneeflocken mehr auf Emma herunterfallen würden.

»Kann ich auch außen rumgehen und an Gregors Scheibe klopfen?«, fragt Emma da. »Ist so schön draußen.«

»Klar«, antwortet Gregors Mutter. »Mach das.« Und sie fügt hinzu: »Jetzt ist der Schnee doch gekommen. Na, wegen mir hätte es das nicht gebraucht. Kommt man schwer mit dem Auto zur Arbeit.« Sie sieht auf die Uhr. »Ich muss gleich los.«

»Aber Schnee gehört doch zu Weihnachten«, sagt Emma. »Ich freue mich so sehr darüber!«

»Das glaube ich.« Gregors Mutter setzt ein müdes Lachen auf. »Da könnt ihr Schlitten fahren gehen.«

»Aber noch viel schöner: Herr Paataanen kann sein Rentier vor den großen Schlitten spannen«, entgegnet Emma mit Begeisterung.

»Ach ja, richtig. Der Rentier-Finne als Weihnachtsmann.« Gregors Mutter nickt ihren Worten eine Weile hinterher, bis sie merkt, dass die Kälte in die Tür fällt, und mit der Kälte der Schnee.

Als Gregors Mutter die Tür geschlossen hat, dreht sich Emma nach rechts und geht an der Hauswand entlang. Sie stapft mitten in eine kleine Schneeverwehung hinein. Der Schnee reicht ihr hier weit über die Knöchel. Wie schön!

Auch auf Gregors Fensterbrett hat sich eine kleine Schneeschicht gebildet, obwohl es unter dem Dachvorsprung geschützt ist.

Emmas Hände stecken in den Fäustlingen, die ihr ihre Mutter gestrickt hat. Das Klopfen gegen die Scheibe hört sich dumpf an. Ganz anders als mit bloßer Hand, wenn sie mit den Knöcheln gegen das Glas schlagen würde. Vielleicht regt sich deswegen nicht gleich was im Zimmer. Als Emma ins Zimmer späht, sieht sie Gregor mal wieder wie ein Buddha mit verschränkten Beinen auf dem Boden sitzen. Noch viermal muss Emma klopfen, bis Gregor sie endlich bemerkt. Er dreht sein Gesicht zum Fenster und steht schnell auf. Er öffnet das Fenster und blinzelt in den schneehellen Tag.

»Emma!«, sagt er. »Wieso kommst du nicht mehr durch die Eingangstür?«

»Weil ich im Schnee bleiben will«, sagt Emma, greift neben sich auf dem Fensterbrett in den Schnee und wirft ihn Gregor ins Gesicht.

»Hey«, wehrt Gregor ab und duckt sich. »Ist das kalt!«

»Ich brauch deine Hilfe«, sagt Emma. »Jetzt, wo wir den Schnee haben und bald Weihnachten ist, da muss Herr Paataanen doch an den Rentierschlitten.«

»Ja, und?«

»Der kommt aber nicht ran, weil ganz viel Zeug davorsteht«, erklärt Emma. »Auch schweres Zeug. Du könntest mir helfen, die Sachen wegzuräumen.«

Die Worte scheinen an Gregor vorbeizuziehen. Reglos starrt er ins Freie, als würde er den Schnee jetzt erst wahrnehmen und hätte ihn heute Morgen in der Schule schlaftrunken übersehen. »Da hat das Meditieren ja wohl doch geholfen«, stellt er fest. »Vielleicht kommt ja mein Vater auch zu Weihnachten.«

Emma will von dem Gregor-Vater-Thema schnell ablenken und wiederholt ihr Anliegen.

»Kommst du?«, fragt sie.

»Ja, klar«, entgegnet Gregor. »Willst du warten?«

»Komm einfach nachher mal rüber«, sagt Emma. »Ich muss erst meiner Tante helfen.«

Emma würde immer noch am liebsten draußen im Schnee bleiben. Aber sie weiß, dass Lissie ihre Hilfe gebrauchen kann. Die Gäste sitzen nämlich noch beim späten Frühstück und staunen aus den Fenstern in den Schnee hinaus.

14

Als Emma in die Küche kommt, hört sie im Frühstücksraum die Stimmen der Gäste. Spitz ragt aus dem Stimmengemurmel Sandys Stimme hervor.

»It's so beautiful!«, ruft sie nicht nur einmal. »I wanna build a snowman!«

Tante Lissie steht vor einer Pfanne und bereitet Rührei für die Gäste zu. Sie hat alle Händevoll zu tun und bittet Emma, nach dem Frühstücksbuffet zu schauen, ob noch genügend von allem vorrätig ist.

»Die hocken hier schon eine Ewigkeit«, stöhnt sie. »Gucken aus dem Fenster, als hätten sie noch nie Schnee gesehen. Die sollen lieber mal raus in den Schnee.«

Emma drückt die Flügel der Schwingtür zur Seite und betritt den Frühstücksraum. Schon dreht sich Sandy nach ihr um und streckt die rechte Hand mit einem Müslilöffel Richtung Fenster und ruft: »Emma, look. The snow!«

»Yes«, antwortet Emma mit einem Lachen im Gesicht

und streift kurz mit fachmännischem Blick das Frühstücksbuffet. Orangensaft könnte man auffüllen, sonst ist alles noch reichlich vorhanden.

Alle sind bester Laune und haben irgendeinen Kommentar zum Schnee auf Lager.

»Maybe we will have white Christmas!«, sagt Mr Kowalsky.

»Da siehst du mal, was das Meditieren bewirkt«, meint Marlene Meier Esotante mit einem Augenzwinkern. »Wunderschön sieht der Schnee aus.«

Einzig die schwangere Anne scheint nicht begeistert zu sein von der weißen Pracht. Sie sitzt am hintersten Tisch am Kamin und stochert lustlos im Müsli herum und hält sich ihren sehr dicken Bauch.

Als Emma mit der leeren Orangensaftkaraffe wieder in die Küche kommt, fragt sie Lissie, ob mit Anne alles in Ordnung ist.

»Ach, die Anne«, antwortet Lissie und rollt mit den Augen. »Die wäre mal am besten zu Hause geblieben. Bei der Irmi wäre sie bestens aufgehoben gewesen. Jetzt ist sie in Sorge, dass es zu viel Schnee geben könnte und sie nicht rechtzeitig in die Klinik kommt, wenn's losgeht. Heute will ihr Mann kommen und bei ihr sein, damit sie sich nicht so viele Sorgen macht.«

»Nie und nimmer sind die Straßen hier gesperrt«, sagt Emma, »hier gibt es doch riesige Schneeräumer. Wann bekommt sie denn ihr Kind?«

Etwas sorgenvoll legt Lissie ihre Stirn in Falten und antwortet: »Der sogenannte Stichtag, an dem das Kind aller Voraussicht nach auf die Welt kommen wird, ist der neunundzwanzigste Dezember. Aber ein paar Tage früher oder später ist normal.«

»So bald schon!«, staunt Emma und fragt, ob es denn dann passieren könne, dass Anne ein Christkind zur Welt bringt. Lissie meint, dass das durchaus sein könne. »Das wäre was«, sagt Emma und lacht.

Sie füllt gerade die Karaffe mit Orangensaft nach, als die Schwingtür aufgeht und Sandy mit erwartungsvollem Blick in der Küche steht.

»Wanna build a snowman?«, fragt sie.

»No good snow for a snowman«, antwortet Emma und erklärt noch mit Händen, Füßen und ein paar englischen und deutschen Wörtern, dass der Schnee für einen Schneemann nicht pappig genug ist.

»Du kannst gerne mit Sandy raus in den Schnee«, meint Lissie. »Ich schaff das mit dem Frühstück auch alleine. Nach dem Rührei hier ist Schluss.«

Draußen im Schnee zu sein, ist zwar sehr verlockend für Emma. Aber mit Sandy jetzt zu versuchen, aus Pulverschnee einen Schneemann zu bauen, wäre so, wie einem Hausschwein das Fliegen beizubringen. Und nur draußen mit Sandy wie ein Kleinkind im Schnee herumzutollen, dazu fehlt Emma die Lust. Außerdem hat sie zu tun.

Wie gut, dass da Gregor um die Ecke biegt. Emma sieht ihn durchs Küchenfenster. Sein Rücken sieht gar nicht krumm aus. Seine Schritte schnell, die Augen wach. Er wirkt aufgeregt. Da hört Emma auch schon die Klingel.

»I'll get it!« Als Emma in den Flur kommt, hat Sandy schon die Tür geöffnet.

»Hi Gregor. Isn't the snow awesome?«

Ohne auf Sandys Worte zu reagieren, betritt Gregor das Haus. Beinahe so, als stürmte er auf Emma zu. Er stellt sich vor sie, wirft nervöse Blicke um sich, packt Emma am Arm und zieht sie dann ein Stück von Sandy weg.

»Komm mal kurz mit, ich muss mit dir reden«, sagt er. Er wirkt hellwach.

Als Sandy ihnen folgen will, hebt er gebieterisch die Hand und sagt: »Stopp! Four-Augen-Talk.«

Sandy bleibt stehen, und kaum sind Emma und Gregor weit genug weg, um ungestört zu sein, richtet Gregor seine weit aufgerissenen Augen auf Emma und fragt mit Begeisterung in der Stimme: »Ich hab das jetzt erst richtig kapiert. Heißt der Schnee, dass auch mein Vater zu Weihnachten kommt? Weil wir beide so gut meditiert haben? Dein Schnee ist da, kommt jetzt auch mein Vater?«

Dass Gregor wieder von seinem Vater anfängt, passt Emma jetzt gar nicht. Sie weiß nicht, was sie sagen soll. Auf keinen Fall will sie Gregor ihren Plan beichten.

Was, wenn Gregors Vater dann doch nicht kommt? Sie weiß ja auch noch gar nicht, wie Gregors Mutter reagieren wird, wenn die von Emmas Plan erfährt. Emma zuckt jetzt einfach mit den Achseln.

»Keine Ahnung«, sagt sie. »Ich weiß auch nicht, ob der Schnee mit dem Meditieren zusammenhängt.«

»Aber die Esotante hat doch gesagt, dass das geht.«

»Hmm«, macht Emma nur.

»Dann müsste mein Vater doch auch kommen, oder?«

»Wir werden sehen«, antwortet Emma und kommt sich dabei mal wieder ziemlich erwachsen vor. Sie will Gregor die Laune nicht verderben. »Die Hoffnung stirbt zuletzt«, sagt sie, so wie ihre Mutter sonst. Und wie die meisten Erwachsenen.

»Genau«, schwärmt Gregor immer noch mit leuchtenden Augen. Und dann: »Was ist jetzt mit dem Schlitten? Du wolltest den doch für den Finnen freiräumen.«

»Genau«, sagt Emma. »Der Schlitten.«

Als sich Emma ihre Winterschuhe anzieht, fragt Sandy, ob sie jetzt endlich rausgehen und gemeinsam einen Schneemann bauen. Als Emma ihr erklärt, dass sie die Garage aufräumen, meint Sandy, dass sie doch lieber auf ihr Zimmer geht und im Tablet ein paar Toons anschaut. Gregor sieht Sandy hinterher, wie sie die Treppe hochgeht.

»Die will unbedingt einen Schneemann bauen«, erklärt ihm Emma.

»Mit Pulverschnee?«, fragt Gregor.

»Die kommt aus Texas«, sagt Emma. »Die kennt den Unterschied zwischen Pulver- und Pappschnee nicht.«

Emma zieht sich ihre Winterjacke an und setzt sich die Mütze auf den Kopf. Sie drückt gerade die Klinke nach unten, als sie durch das Milchglas in der Haustür einen Schatten draußen stehen sieht. Eine Sekunde später klingelt es.

Emma öffnet die Tür und draußen steht ein junger Mann mit blonden Haaren und einem Bart. »Hallo. Ich bin der Peter«, sagt er lächelnd. »Der Mann von Anne. Die ist doch hier, oder?«

»Die Schwangere?«, fragt Emma.

»Ja.« Der Mann nickt. »Das ist wohl nicht zu übersehen. Und wer bist du?«

»Ich bin Emma«, antwortet Emma. »Da wird sich Anne aber freuen.«

Emma macht einen Schritt zur Seite. Sie dreht sich um und ruft in den Frühstücksraum: »Anne! Besuch!«

15

Es schneit weiter. Es schneit und schneit. Während Emma und Gregor den Rentierschlitten von der Gerümpelbarriere befreien, fallen vom Himmel immer noch dicke Flocken. Mit Gregors Hilfe ist der Schlitten schnell von den Hindernissen befreit. Das alte Fahrrad, der Schubkarren, der Wäscheständer und der Stapel Ziegelsteine sind nach einer Dreiviertelstunde beiseitegeräumt. Danach fegt Emma noch mit einem Besen den groben Staub vom Schlitten und wischt mit einem Tuch hinterher. Besondere Aufmerksamkeit bekommen die Glocken, die links und rechts vom Schlitten angebracht sind und jetzt blank poliert im spärlichen Licht funkeln. Ein Probeläuten beweist, dass sie einwandfrei funktionieren. Was so etwas gleich ausmacht! Der Schlitten sieht jetzt aus, als würde es bald losgehen. Vielleicht noch hier und da ein bisschen ölen.

Herr Paataanen kann kommen. Wenn es so weiterschneit, kann er das Rentier direkt vor dem Schuppen vor den Schlitten spannen.

Von dieser Neuigkeit muss Herr Paataanen natürlich sofort unterrichtet werden. Damit er weiß, dass er ohne Probleme dieses Jahr der Weihnachtsmann sein kann. Falls er das nicht schon längst selber weiß. Eigentlich braucht er ja bloß in seinen Garten zu schauen. Vielleicht können sie ihm ja noch bei den Vorbereitungen helfen. Rentier schmücken oder sonst was. Schließlich drängt die Zeit.

Gregor schlägt vor, dem Finnen die Botschaft über den freigeräumten Schlitten bei einem Spaziergang mit Zampano zu überbringen.

»Gute Idee«, sagt Emma. »Nehmen wir Sandy mit. Dann sieht die auch gleich, dass man mit dem Schnee keinen Schneemann bauen kann. Ich sag schnell Lissie Bescheid.«

Sandy ist von einem Schneespaziergang mit Zampano hellauf begeistert. Sie schlüpft in ihre Winterkleider und keine Minute später holen sie bei Gregors Nachbarn Zampano ab. Auch der Dackel ist wie ausgewechselt. Wie ein Verrückter rennt er durch den Neuschnee, springt, wälzt sich und kläfft seine Lebensfreude aus sich heraus. Sandy, die Zampano an der Leine führen darf, muss aufpassen, dass sich das Tier nicht in der Leine verwickelt.

»Schau dir den an«, lacht Gregor.

»Der freut sich genauso über den Schnee wie ich«, sagt Emma.

Der Schnee liegt jetzt wie ein dicker weißer Teppich über der Landschaft.

Jeder Schritt, den die drei auf der Straße vor Gregors Haus machen, hinterlässt einen Abdruck. Über Zampanos Spur amüsiert sich Sandy königlich. »Look at his tiny tracks!«, ruft sie. »So cute!«

Sie bewirft Zampano mit eine Handvoll Pulverschnee. Zampano schnappt danach, bellt und sieht dann aus wie mit Puderzucker bestreut. Er bellt wieder und wälzt sich, so als könnte auch er nicht genug bekommen von der weißen Pracht.

Zu Emmas Enttäuschung aber sind die meisten Wege und Straßen schon geräumt. Auf manchen Gehsteigen liegt auch schon der erste Streusand. Als hätten die Bürger von Oberalpendorf mit ihren Schneeschaufeln in der Hand im Wohnzimmer auf den Schnee gewartet, um ihn schnellstmöglich gleich wieder zu beseitigen. Auch die schmale Straße hoch zum Waldrand, wo Herr Paataanen wohnt, ist schon geräumt. Es ist der einzige Weg dorthin. Wenn man den allerdings nicht räumt, dann ist Herr Paataanen von der Zivilisation abgeschnitten.

Als der Ort hinter ihnen liegt und sie den Rauch aus dem Schornstein des Rentier-Finnen-Hauses aufsteigen sehen, hört es zu schneien auf und Gregor wird ein wenig mulmig zumute.

»Meinst du, dass es eine gute Idee ist, den Rentier-Finnen jetzt zu besuchen?«

Emma sieht Gregor mit überraschtem Blick von der Seite an.

»Warum nicht?«, fragt sie. »Je früher, desto besser. Er muss sich ja drauf vorbereiten. War doch auch deine Idee. Und in ein paar Tagen ist Weihnachten. Übermorgen macht er doch schon den Weihnachtsmann. Das muss man mit ihm vorher besprechen. Vielleicht können wir ihm helfen, noch irgendwas zu machen. Schlitten schmücken oder so.«

»Er ist ja nicht der Freundlichste«, wendet Gregor mit missmutigem Gesicht ein.

»Der war doch ganz nett, als wir letztes Mal bei ihm vorbeigegangen sind«, sagt Emma.

»Nett ist was anderes«, meint Gregor und kräuselt seine Stirn. »Nur weil einer einen nicht gleich aufisst, ist er nicht gleich nett.«

»Mich muss er mögen, weil er bei uns seinen Schlitten untergestellt hat«, sagt Emma.

»Stimmt«, sagt Gregor. »Du beschützt mich vor ihm.«

»Genau«, sagt Emma und gibt Gregor mit dem Ellenbogen einen Knuff.

»Weiß Sandy, dass sie eventuell von einem alten Finnen verspeist wird?«, fragt Gregor jetzt leise.

»Finnen essen keine Amerikaner«, sagt Emma und lacht.

Sandy geht mit Zampano an der Leine hinter den beiden.

»Wait!«, ruft sie, als der Dackel wieder einmal voller Lebensfreude durch den Schnee pflügt und dabei grunzt wie ein gut gelauntes Ferkel. Als sich Emma umdreht, greift Sandy wieder mit ihrem Wollhandschuh in den Schnee und wirft eine Handvoll Pulver nach ihnen. Auf der Flugbahn stiebt der Schnee in einer Wolke auseinander. *Genau,* denkt Emma. *Ohne Pappschnee keine Schneemänner und keine Schneebälle.*

»Wait!«, ruft Sandy wieder, lacht und zieht an der Leine. »Come on, Zampano!«

Die letzten Meter zum Rentier-Finnen-Haus legen sie gemeinsam nebeneinander zurück. Um sie herum liegen die Wiesen friedlich unter der frischen weißen Decke. Die Wipfel des Waldes vor ihnen sind ebenso überzuckert wie die Gipfel der Berge. Es ist ein Traumtag und Emma fühlt ganz tief in ihrer Brust große Zufriedenheit. Und sie hofft, dass es weiterhin so kalt bleibt.

»Wie wäre es, wenn ich mit Zampano draußen bleibe«, sagt Gregor plötzlich kleinlaut. »Das Rentier könnte sich erschrecken und dann scheut es und haut ab, in die Berge, rutscht aus und fällt in eine Schlucht. Und dann haben wir zwar Schnee, aber kein Rentier, mit dem der Finne den Weihnachtsmann machen könnte.«

Da kneift einer, denkt Emma. Aber die Vorstellung, allein mit Herrn Paataanen zu reden, gefällt ihr nicht. Es stimmt zwar, dass der Finne zu ihr immer nett gewesen ist, aber er kann schon auch ein gruseliger alter Mann sein. Außer wenn er der Weihnachtsmann ist. Dann redet er zwar auch nicht viel, aber er ist spürbar anderer Laune, sagen die Leute. Vielleicht tut ihm ja die Verkleidung gut. Der lange weiße Bart, die rote Mütze und der dicke Mantel.

Aber nein, sie will jetzt nicht mit dem Rentier-Finnen alleine reden. Schon gar nicht bei ihm im Haus. Aber der Gedanke, Zampano vom Rentier fernzuhalten, ist nicht dumm. Könnte auch passieren, dass Zampano den alten Finnen ankläfft.

»Gregor, du hilfst mir jetzt«, sagt Emma entschieden. »Alleine fühle ich mich mit dem Rentier-Finnen auch nicht wohl.«

»Du hast doch Sandy«, entgegnet Gregor.

»Sandy geht mit Zampano noch ein bisschen im Schnee spielen und du gehst mit mir zum Finnen.«

Gregor verdreht leidend seine Augen, stöhnt und sagt: »Na gut. Dann lass ich mich von ihm in einen Käfig sperren und als Weihnachtsplätzchen backen und dann aufessen.«

»Herr Paataanen ist nicht die Hexe von Hänsel und Gretel«, sagt Emma, lacht und dreht sich nach Sandy um.

Mit wenig Englisch, einigem Deutsch und ein paar Gebärden erklärt sie dann Sandy, dass sie noch ein paar Meter Richtung Wald gehen soll. Weil Gregor und sie mit einem Mann, der hier wohnt, was besprechen müssen. Und Zampano nicht in den Garten soll.

»Because there is a reindeer. And the reindeer and Zampano are no friends«, sagt Emma.

»Really?«, staunt Sandy. »A reindeer!«

Für einen kurzen Moment merkt Emma, dass Sandy gerne das Rentier sehen würde. Dann sagt Sandy aber »Okay!«, zieht an Zampanos Leine und stapft Richtung Wald. Wenn sie wüsste, dass hier nicht nur ein Rentier wohnt, sondern auch der dazugehörige Weihnachtsmann, der Santa Claus, wäre ihr Interesse sicherlich größer.

Als Emma jetzt mit Gregor alleine am Gartentürchen steht, schlägt ihr Herz mit einem Mal heftiger in ihrer Brust. Der Weg vom Gartenzaun zur Haustür ist noch nicht geräumt. Lediglich eine Spur führt durch den Schnee zum Haus. Aber der Kamin raucht, es muss also jemand zu Hause sein.

Es ist ein kleines Holzhaus, in dem der Rentier-Finne wohnt. Zwei kleine Fenster gibt es an der Frontseite, dazwischen die alte Haustür. Darüber ein altes Dach mit Ziegeln, von denen einige erneuert werden müssten. Um das Haus herum zieht sich ein Holzzaun, der an manchen Stellen ziemlich löchrig ist. Hinter dem Haus steht ein kleiner Stall und um den Stall ist ein Gehege. Das ist das Revier des Rentiers. Über allem liegt die dichte, friedliche Schicht des Neuschnees.

»Und wenn er uns erschießt?«, fragt Gregor zweifelnd. »Ich sehe keine Klingel. Wir müssen in den Garten und an die Tür klopfen. Wenn man in Amerika ungefragt in ein Privatgrundstück geht, darf man erschossen werden. Du kannst Sandy fragen.«

»Wir sind nicht in Amerika«, sagt Emma. »Außerdem schießt der Rentier-Finne nicht auf Kinder. Er hat bestimmt gar kein Gewehr. Komm, wir gehen jetzt zur Tür und klopfen.«

»Schade, dass ich nicht vorher mein Testament gemacht habe. Aber was soll's. Ich besitze ja eh nichts.«

Gemeinsam stapfen Emma und Gregor jetzt in den Garten und hinterlassen ihre Fußspuren im frischen Schnee. Als sie die zwei Stufen zur Haustür emporsteigen, bleiben sie einen Augenblick schweigend stehen. Sie sehen sich unschlüssig in die Augen, dann geht Emmas Hand ganz von alleine an die Tür. Ihre Augen sehen ihrer Hand beim Klopfen zu. Es wäre eine Lüge, zu behaupten, dass ihr nicht mulmig ist. Obwohl sie Herrn Paataanen kennt, obwohl er seinen Schlitten im Gästehaus geparkt hat und obwohl Emma früher das Rentier besucht und gestreichelt hat. Vielleicht hat ja Gregor sie mit seiner Rentier-Finnen-Angst angesteckt.

Erst geschieht eine Weile nichts. Dann hören sie

Schritte, dann ein Schaben auf der anderen Seite der Tür und dann wird die Klinke heruntergedrückt. Die Tür geht auf. Zu Emmas Verwunderung steht nicht Herr Paataanen vor ihnen, sondern eine alte Frau. *Was macht die hier?*, denkt Emma. *Herr Paataanen lebt doch alleine, alleine mit seinem Rentier.*

Wer ist diese Frau, die in der halb geöffneten Tür steht und mit finsterer Miene auf die Kinder herabblickt wie eine böse Hexe?

»Ja?«, sagt sie mit beinahe krächzender Stimme. »Was wollt ihr?«

Gregor beugt sich zu Emma rüber und flüstert ihr ins Ohr. »Das ist die Hexe, die mich braten will.«

Emma ist eingeschüchtert, fasst sich aber trotzdem ein Herz und sagt: »Wir würden gerne mit Herrn Paataanen sprechen.«

»Worum geht es denn?«

»Um den Rentierschlitten und um das Rentier. Weil doch jetzt Schnee ist und Herr Paataanen den Weihnachtsmann macht.«

»Daraus wird nichts«, sagt die Frau unfreundlich und will die Tür schon wieder schließen, als von hinten die überraschend schwache Stimme von Herrn Paataanen nach vorne dringt.

»Wer ist es?«, fragt er hüstelnd.

»Zwei Kinder!« Die alte Frau dreht ihren Kopf zur Seite, damit ihre Stimme im Haus besser zu hören ist.

»Ich bin die Emma, bei der der Rentierschlitten steht«, ruft Emma ins Haus.

»Emma mit dem Rentierschlitten!«, wiederholt die alte Frau.

»Ah!«, hört Emma da. »Die soll reinkommen!«

»Wirklich?«, fragt die Frau ungläubig nach.

»Ja, reinlassen.«

»Na gut, wenn Sie meinen!« Die alte Frau macht einen Schritt zur Seite und öffnet die Tür.

»Kommt rein«, sagt sie mit einer leichten Kopfdrehung. »Aber Schuhe ausziehen. Frisch geputzt. Den Gang entlang und dann rechts.«

Emma und Gregor klopfen sich erst den Schnee von den Schuhen, gehen einen Schritt ins Haus und bleiben im Windfang stehen. Sie schlüpfen aus den Schuhen und gehen auf Socken den kalten Flurboden entlang zum Zimmer vom alten Rentier-Finnen.

Emma erschrickt, als sie ins Zimmer kommt. Es herrscht große Unordnung. Auf einem alten Sessel türmen sich Kleidungsstücke, auf dem Schreibtisch gegenüber stapelt sich Papier und über dem Zimmer liegt ein unangenehmer Geruch. Hier muss mal gelüftet werden.

Der Rentier-Finne liegt zu Emmas Schrecken im Bett, die Decke hat er sich bis zum Kinn hochgezogen.

»Kommt mir nicht zu nahe«, hüstelt er. »Nicht dass ihr euch ansteckt. Wer ist denn der hier?« Sein Kopf deutet in Gregors Richtung.

»Das ist doch der Gregor von neulich. Da haben Sie uns doch vor Ihrem Haus getroffen. Was ist denn mit Ihnen?«, fragt Emma besorgt.

»Leider«, sagt Herr Paataanen. »Jetzt ist der Schnee da, aber mit mir als Weihnachtsmann wird es trotzdem nichts werden.«

Herr Paataanen spricht sehr gut Deutsch, aber man merkt, dass es nicht seine Muttersprache ist. Er spricht mit einem deutlichen Akzent, das ›S‹ beispielsweise hört sich sehr spitz an.

»Wirklich?«, seufzt Emma enttäuscht. »Wir haben den Schlitten schon freigeräumt und sauber gemacht. Alles ist bereit. Was ist denn mit Ihnen?« Aber eigentlich ahnt sie schon, warum Herr Paataanen nicht den Weihnachtsmann machen kann.

»Mich hat die Grippe erwischt«, antwortet er, hustet und schnieft. »Ich muss das Bett hüten. Tut mir leid.«

»Aber, aber«, stammelt Emma und weiß nicht, was sie weiter sagen soll. Sie sieht ja, was los ist. »Kann man denn da gar nichts machen?«

»Tut mir leid, Kinder. Hab mich selber auch darauf gefreut.«

Hinter Emma kommt jetzt die alte Frau ins Zimmer. Auf einem Tablett hat sie eine Kanne heißen Kamillentee, das riecht Emma ganz deutlich.

»Ich bring Ihnen den Tee«, sagt sie. »Ich geh dann bald. Sie haben alles?

»Ja, vielen Dank, Frau Weber«, sagt Herr Paataanen.

»Ich schaue nachher noch mal nach Ihnen«, sagt die Frau. »Und hat das Rentier alles?«

»Wenn das Rentier was braucht, das können wir machen«, sagt Emma schnell. »Ich habe früher schon mal das Rentier gefüttert.«

Frau Weber schaut Herrn Paataanen fragend an und der nickt und sagt: »Ja. Emma kann das machen. Aber für heute hat das Poro alles.«

»Poro?«, fragt Gregor.

»So heißt das Rentier auf Finnisch«, antwortet Herr Paataanen. »Poro.«

Als Frau Weber gegangen ist, erklärt Herr Paataanen, dass Frau Weber seine Putzhilfe ist und ihn jetzt, wo er krank ist, mit dem Nötigsten versorgt.

Emma nickt dazu und Gregor schaut sich im Zimmer um.

»Kann denn jemand anders mit dem Rentierschlitten den Weihnachtsmann machen?«, fragt Gregor unvermittelt und Emma spürt, wie nach seinen Worten ein Funken der Erleuchtung durch sie geht. *Ja genau, warum nicht!*

»Ich kann gut mit Tieren«, fährt Gregor fort. »Ich bin mutig. Ich gehe mit einem Dackel spazieren. Ich denke, dann komme ich auch mit einem Rentier klar. Mit so einem Poro.«

Oh nee, denkt Emma. Die Idee war gut, aber das Rentier mit Zampano zu vergleichen, ist nun wirklich nicht sehr klug. Außerdem staunt Emma über Wundertüte Gregor. Eben noch die Hosen voll und Angst, dass er verspeist wird, und jetzt will er gleich in Herrn Paataanens Weihnachtsmannkostüm schlüpfen. Schnell sagt sie: »Die Idee ist gut! Kann nicht jemand anderes den Weihnachtsmann machen?« Sie sieht Herrn Paataanen mit eindringlichem Blick an.

»Haa!«, macht da der Finne, nippt an seinem Tee und lacht kurz auf. »Wer soll das denn machen? Nein. Die Leute haben doch alle Angst vor meinem Poro. Einmal hat es mit dem Geweih jemanden unsanft geschubst. Das hat sich rumgesprochen. Seitdem hat man Respekt vor meinem Rentier.«

»Mich kennt das Rentier«, sagt Emma.

»Ja, das stimmt«, sagt Herr Paataanen.

»Man kann es doch versuchen«, meint Gregor. »Ich kann auch gut mit Tieren.«

Herr Paataanen verschluckt sich beinahe an seinem Tee. Er lässt wieder sein amüsiertes »Haa!« hören und schüttelt den Kopf.

»Ein Poro ist kein Dackel«, antwortet er. »Nein, einem Kind gebe ich mein Poro nicht.«

»Aber einem Erwachsenen?«, fragt Emma.

»Wenn er es gewohnt ist, eine Kutsche zu lenken«, sagt Herr Paataanen da. »Viel anders als mit Pferden ist es auch mit einem Poro nicht. Und er muss mit dem

Poro klarkommen. Dann würde ich mir das überlegen. Aber das muss ja schnell gehen. Und wo wollt ihr jemanden auftreiben, der das kann? Mir fällt keiner ein.«

»Mein Vater«, sagt da Gregor schnell. »Der kann alles. Er arbeitet auf einem Reiterhof. Der ist gut mit Pferden.«

Emma sieht Gregor von der Seite mit großen Augen an. Was redet Gregor da schon wieder?

»Auf welchem Reiterhof arbeitet denn dein Vater?«, fragt der Rentier-Finne.

»Bei Köln«, sagt Gregor.

»Na, das ist ja ganz in der Nähe«, meint der alte Finne und hustet ein trockenes Lachen heraus. »So, Kinder«, sagt er dann. »Ich muss mich wieder erholen. Tut mir leid, dass es mit dem Weihnachtsmann nichts wird.«

»Aber wenn wir jemanden finden, der das kann, dürfen wir wiederkommen?«, fragt Emma. »Und das Rentier holen? Ich kenne das Rentier und ich bin auch schon oft mit der Kutsche vom Reiterhof mitgefahren. Oben auf dem Kutschbock. Ich habe da die Zügel in der Hand gehabt. Ich weiß, wie das geht.«

Das ist nicht gelogen. Letztes Jahr hat sie bei der Ponykutsche vom Reiterhof oben auf dem Kutschbock gesessen und die Kutsche gelenkt. Das ging erstaunlich leicht. Emma schaut jetzt gespannt in das zweifelnde Gesicht von Herrn Paataanen. Es herrscht eine Weile Schweigen. Im Ofen knackt das Holz. Gregor neben ihr ist wie erstarrt, er traut sich wohl nichts mehr zu sagen.

Herr Paataanen wirft einen langen, ernsten Blick auf Emma, aber in seinen Augen funkelt eine gewisse Güte.

»Das Poro holen?«, fragt er. »Erst einmal schaue ich mir an, wie da jemand mit dem Tier klarkommt, und ob er überhaupt Ahnung von Tieren hat. Dann vielleicht.«

Emma spürt Erleichterung. Das ist immerhin etwas, was Herr Paataanen da gesagt hat. Es weckt in ihr die Hoffnung, dass es dieses Jahr mit dem Weihnachtsmann doch noch klappt.

»Prima!«, ruft sie.

»Aber die Zeit drängt«, sagt der alte Finne. »Das wisst ihr. Der Weihnachtsmann kommt mit dem Rentier immer einen Tag vor Heiligabend. Das ist ja schon übermorgen.«

»Ja«, sagt Emma. »Ich weiß.«

Bevor sie gehen, fragt sie noch, ob das Rentier was braucht.

»Danke, das ist soweit versorgt«, sagt Herr Paataanen. »Aber es ist nett, dass du danach fragst.«

»Können wir es kurz besuchen?«, fragt Emma.

»Geht nur zu ihm«, sagt Herr Paataanen. »Du kennst es ja.«

16

Das Rentier steht mit seinem gewaltigen Geweih neben dem Stall in seinem Gehege und rupft von einem Heuballen kleine Bissen ab. Der Schnee in dem Gehege ist niedergetrampelt und mit Erde vermischt.

Als Emma und Gregor sich dem Tier nähern, schwenkt es seinen Kopf langsam in ihre Richtung. Das Poro schaut sie kurz an, dann widmet es sich wieder dem Fressen.

»Hallo, Poro«, ruft Gregor verhalten und lehnt sich gemeinsam mit Emma gegen das Gatter. »Siehst gar nicht so gefährlich aus. Hast gar keine Stoßzähne. Und das Geweih ist auch nicht messerscharf und kann mir den Bauch aufschlitzen.«

»Das Rentier ist total lieb!«, betont Emma.

»Der Finne hat gesagt, es hat einen aufgespießt.«

»Ach, Quatsch.«

»Hast du den Blick von der Frau Weber gesehen?«,

fragt Gregor jetzt. »Wie eine Hexe. Die wollte mich braten.«

»Ja, genau«, sagt Emma und lockt das Rentier zu sich. Sie streckt ihren Arm aus und macht ein paar schmatzende Lockgeräusche. »Gregorbraten schmeckt auch bestimmt gut.«

»Mach du nur Witze.«

»Na komm«, lockt Emma das Rentier. »Ich bin's, Emma, du kennst mich doch.« Aber das Tier kommt nicht.

»Will nicht«, stellt Gregor fest. »Es kennt dich nicht mehr. Oder hat Angst vor dir. Oder das Heu ist interessanter.«

»Fällt dir ein Erwachsener ein, der den Weihnachtsmann machen könnte?«, fragt Emma mit Blick auf das Rentier.

»Hab ich schon gesagt, mein Vater kann alles«, antwortet Gregor. »Aber der ist ja leider nicht da.«

»Arbeitet der wirklich auf einem Reiterhof?«, fragt Emma.

»Klaro!«, sagt Gregor im Brustton der Überzeugung. Emma aber hat da so ihre Zweifel.

»Mein Vater würde auch einspringen«, sagt sie. »Kutsche fahren kann er zwar nicht, aber ich weiß, wie das geht.«

»Ich kenn die Ponykutsche vom Reiterhof«, sagt Gregor. »Ponyfahren und Porofahren ist bestimmt ähnlich.

Du und ich, wir könnten das, aber wir sind ja keine Weihnachtsmänner.«

»Und wir sind leider nicht erwachsen«, wendet Emma ein.

»Gemeinsam schon«, sagt Gregor. »Zusammen sind wir achtzehn Jahre alt.«

»Stimmt.«

»Wir müssen uns was einfallen lassen, wie wir an einen Erwachsenen kommen, der Rentierschlitten fahren kann«, sagt Gregor. »Komm, gehen wir wieder zu Sandy und Zampano. Das Poro hier will eh nur fressen.«

Als Emma und Gregor durch den Schnee wieder ans Gartentürchen vom alten Finnen kommen, winkt ihnen Sandy vom Waldrand aus zu.

»Sandys Daddy!«, fällt Emma da ein. »Vielleicht kann der mit Rentieren. In Amerika gibt's doch auch Rentiere.«

»Das wäre eine Idee«, sagt Gregor.

Als Zampano Gregor erblickt, fängt er augenblicklich an, kläffend an der Leine in Gregors Richtung zu ziehen.

»Zampano hat dich schon vermisst«, sagt Emma zu Gregor.

Gregor nickt.

Der Dackel zerrt an der Leine, als hätte er Gregor ein halbes Leben lang nicht gesehen. Oder er hat mittlerweile genug vom Schnee und will wieder nach Hause.

Als Sandy wieder bei ihnen ist, fragt Emma sie in ihrem Sandy-Englisch, unterstützt mit Händen und

Füßen, ob ihr Vater Kutsche fahren kann und mit Pferden klarkommt. Oder Angst vor Rentieren hat.

»My Dad and horses?«, kreischt Sandy da und bekommt beinahe einen hysterischen Lachanfall. »Never. My Daddy hates horses! And why reindeers? You mean this reindeer here?« Sie deutet auf das Holzhaus von Herrn Paataanen.

»We need a Santa Claus«, sagt Emma.

»My dad the Santa Claus?!«, lacht Sandy da.

»Yes«, sagt Emma. »Because we have snow, here is a reindeer and in our house is the reindeerschlitten. And Herr Paataanen is ill.«

»Reindeerschlitten?«, fragt Sandy nach.

»Was heißt denn Schlitten auf Englisch?«, wendet sich Emma an Gregor.

Der zuckt nur mit den Schultern und verdreht die Augen. »Keine Ahnung. Vielleicht ›Schlidd‹?«

»Quatsch«, sagt Emma.

»Ahhh«, macht da Sandy in einem Augenblick der Erkenntnis. »You mean a sledge?«

»Yes«, sagt Emma.

Aber Sandy schüttelt den Kopf. Sie sagt noch mal, dass ihr Vater vor großen Tieren Angst hat und noch nie auf einer Kutsche war.

»Was sagt sie?«, fragt Gregor.

»Ihr Vater ist nicht der Richtige«, antwortet Emma. »Er hat Angst vor Pferden.«

»Mein Vater nicht«, sagt Gregor.

»Der ist aber nicht da«, sagt Emma. »Genauso wie meiner.«

Auf dem Heimweg denkt Emma weiter nach. Aber ihr fällt niemand ein, der Herrn Paataanen ersetzen könnte.

Die Vorfreude, mit der sie sich vorhin auf den Weg gemacht haben, ist verflogen. Keiner hat damit gerechnet, dass plötzlich Probleme auftauchen würden.

Es hat wieder zu schneien angefangen. Ganz zart. Flocken dünn und leicht wie Staub, schweben langsam zur Erde nieder. Emma hat das Gefühl, dass die Kälte noch einmal angezogen hat. Vielleicht aber war das Zimmer beim alten Finnen auch nur zu warm geheizt.

Sie schlendern eine Weile wortlos durch den Schnee, bevor sie den Ortsrand erreichen und an den ersten Häusern von Oberalpendorf vorbeikommen. Weit ist es jetzt nicht mehr bis nach Hause. Die Straße, auf der sie sind, führt direkt zum Gästehaus. Eine Kreuzung liegt noch vor ihnen, dann noch ein kleines Stück, dann sind sie da. Emma kann schon auf die Einfahrt des Parkplatzes sehen, als ein Schrecken sie aus ihren Gedanken reißt. Auf dem Parkplatz des Gästehauses entdeckt sie einen roten Wagen, der bisher dort noch nicht stand. Sie kann das Kennzeichen aus der Entfernung nicht richtig erkennen. Aber mit welchem Buchstaben es anfängt, das schon. Es fängt mit einem »K« an. »K«, das ist das Kennzeichen von »Köln«!

Gregors Vater!, schießt es ihr durch den Kopf. Schlagartig wird sie nervös. *Ist er tatsächlich gekommen. Aber heute schon? Wollte er nicht am Wochenende? Na ja, einen genauen Tag hat er nicht genannt. Und vielleicht ist die Vorfreude, seinen Sohn zu sehen, so groß, dass er es nicht mehr ausgehalten hat.*

Tausend Gedanken gleichzeitig rasen Emma durch den Kopf. Einer davon: *Gregor und sein Vater dürfen sich auf keinen Fall begegnen.*

Noch nicht.

Das Risiko ist zu groß, dass ihr Plan zunichte gemacht wird. Dass Gregors Mutter jetzt schon davon erfährt und ihr einen Strich durch die Rechnung macht. Sie muss unbedingt Weihnachten abwarten, denkt Emma. Weihnachten ist das Fest der Liebe.

Sie muss Gregor jetzt unbedingt loswerden, bevor sie beim Gästehaus ankommen. Am besten sofort. Sie müssen einen Umweg gehen. Keinesfalls auf direktem Weg zum Gästehaus. Zum Glück ist Gregor gerade nicht der Aufmerksamste und hat das Auto noch nicht gesehen.

Die Kreuzung vor ihnen ist die Rettung. Dort müssen sie nach links abbiegen. Dann führt in einem Bogen eine Querstraße zuerst zu Gregor und dann zum Gästehaus. So will Emma es machen.

Sandy hat mit Zampano alle Händevoll zu tun. Wie es aussieht, hat er eine Fährte gewittert. Die Schnauze aufgeregt auf der Straße, zerrt er im Zickzack vor ihnen her. Und was für ein Glück …

Die Fährte, der Zampano folgt, führt in die Querstraße. Also biegt auch Zampano in die Querstraße ein und mit ihm Sandy, Gregor und Emma. Noch vier Schritte, dann ist das Gästehaus aus dem Blickfeld verschwunden und auch das Auto mit dem Kölner Kennzeichen.

Noch zwei Schritte … Geschafft! Emma atmet erleichtert aus. Aber die Aufregung ist damit noch lange nicht vorbei. Gleich wird sie Gregors Vater begrüßen müssen.

Was für ein Tag, denkt Emma, *heute Morgen der Schnee, dann der kranke Herr Paataanen und jetzt ist doch tatsächlich auch noch Gregors Vater angekommen.* Sie muss schleunigst nach Hause. Niemand außer Lissie darf wissen, dass der Neuankömmling Gregors Vater ist. Und erst recht niemand darf etwas von den fünfzig Metern erfahren.

Gregor hat von dem Umweg überhaupt nichts mitbekommen. Emma hat den Eindruck, er hat die letzten Minuten mit gehendem Meditieren verbracht. Zampano hat seine Fährte verloren und freut sich, wieder zu Hause zu sein. Kaum haben sie Zampano bei Gregors Nachbarn abgegeben, hat es auch Sandy eilig. Gut gelaunt springt sie mit schnellen Schritten in Richtung Gästehaus.

Auch Emma will sich beeilen.

»Bis später«, verabschiedet sie sich von Gregor und folgt Sandy.

»Bis später!«, ruft Gregor Emma hinterher. »Ich komm vorbei.«

Oh nein, denkt Emma. *Sollst du nicht.* Wie kann sie nur verhindern, dass Gregor kommt. Wie?

Kaum zur Tür herein, verschwindet Sandy nach oben in ihr Zimmer.

»I go to my toons«, sagt sie und winkt. Als Sandy ihren Augen entschwunden ist, eilt Emma in die Küche, wo sie Lissie an der Spülmaschine arbeiten hört.

»Ist er da?«, fragt sie voller Neugierde. Lissie, vor der Spülmaschine gebückt, hebt erst ihren Kopf, sieht Emma über die Arbeitsfläche hinweg an und richtet sich dann auf.

»Gregors Vater? Ja, der ist da.«

Emma ist wirklich beeindruckt. Und sie ist glücklich, dass er da ist. Gleichzeitig aber spürt sie ihre Nervosität. Und die Verantwortung. Sie hat da was ins Rollen gebracht, das sie vielleicht gar nicht mehr kontrollieren kann. Das wird ihr plötzlich bewusst. Ihre Gedanken rasen. Sie darf jetzt keinen Fehler machen. Alles, was sie jetzt tut, muss wohl überlegt sein. Als Erstes muss sie ihn sprechen.

»Ist er in Zimmer sieben?«, fragt sie Lissie.

»Ja«, antwortet ihre Tante. »Das mit dem Blick nach hinten raus. Das wolltest du doch so?«

»Sehr gut«, sagt Emma. »Und wie ist er?«

Lissie zuckt die Achseln und schaut sich den Teller an, den sie in der Hand hält. »Nun ja«, sagt sie. »Er ist nett. Aber auch ein bisschen unsicher. Er hat gemeint, dass es nicht nötig wäre, dass er weniger bezahlt. Er würde gerne den normalen Preis bezahlen.«

»Er kann ja normal zahlen, wenn er will«, sagt Emma. »Ich gehe ihm mal Guten Tag sagen.«

Bevor sie die Küche wieder verlässt, dreht sie sich noch einmal um und schaut ihrer Tante mit großem Ernst in die Augen. »Tante Lissie«, sagt sie bedeutungsvoll. »Und zu niemandem ein Wort, dass der Mann Gregors Vater ist. Das ist ein großes Geheimnis. Auch Gregor darf es noch nicht wissen.«

»Großes Ehrenwort!«, nickt Tante Lissie. »Und was ist jetzt mit Gregor?«, fragt sie noch unsicher. »Kommt er jetzt nicht mehr? Wegen diesen fünfzig Metern?«

»Mit Gregor muss ich mir noch was einfallen lassen«, sagt Emma und wiegt ihren Kopf hin und her. »Aber erst mal gehe ich zu seinem Vater hoch.«

Mit etwas weichen Knien steigt Emma die Treppe nach oben. Bevor sie an die Zimmertür von Gregors Vater klopft, klopft erst mal ihr Herz aufgeregt in ihrer Brust.

Aber Emma überlegt nicht lange. Ja, sie ist nervös, aber sie ist auch entschlossen, ihren Plan zum Gelingen zu bringen.

Dreimal schlägt ihre Faust kurz hintereinander gegen die Tür, bevor ein dumpfes »Ja, Moment« auf der anderen Seite zu hören ist. Dann geht die Tür für einen Spalt auf und ein Mann sieht von oben auf Emma herab. Er hat ein freundliches Gesicht, einen Oberlippenbart und nicht mehr allzu viele Haare auf dem Kopf.

»Ja?«, fragt er.

»Hallo«, sagt Emma. »Sind Sie Herr Lechner, Gregors Vater?«

»Ja«, antwortet der Mann. »Der bin ich. Was gibt es denn? Ist Gregor hier?«

Er öffnet die Tür jetzt ganz und tritt einen Schritt auf den Flur. Seine suchenden Blicke fliegen zu beiden Seiten über den Gang, aber außer ein paar Bildern und einem Stuhl ist da nichts.

»Ich bin Emma«, sagt Emma. »Gregor ist nicht hier. Ich muss Ihnen aber was sagen.«

Jetzt sieht sie sich selber verschwörerisch auf dem Gang um. Niemand da. Sie sagt: »Kommen Sie mal mit.« Gregors Vater folgt ihr bis zum Ende des Ganges ans Fenster.

»Ich habe Sie angerufen«, gesteht sie. »Ich musste irgendwas machen, weil Gregor immer von Ihnen gesprochen hat und er sich so sehr wünscht, dass Sie zu Weihnachten kommen.«

»Du hast mich angerufen?«, staunt Herr Lechner und verzieht sein Gesicht zu einem ungläubigen Lachen. »Wirklich? Du?«

Emma nickt.

»Alle Achtung«, sagt Gregors Vater. »Ein bisschen jung kam mir die Stimme schon vor, aber dass du ein Kind bist, hätte ich nicht gedacht.«

»Sorry«, sagt Emma etwas kleinlaut.

»Aber was ist denn mit Gregor?«, fragt Herr Lechner. »Ich war dann doch recht beunruhigt. Deswegen habe ich mich ein bisschen früher auf den Weg gemacht.«

»Ach, eigentlich nur, dass er sich so sehr wünscht, dass sein Vater zu Weihnachten kommt. So wie ich mir gewünscht habe, dass es schneit. Mein Wunsch ist in Erfüllung gegangen. Und da habe ich mir gedacht, es wäre so schön, wenn auch Gregors Wunsch in Erfüllung gehen würde.«

»Na ja«, sagt da Herr Lechner. »Das ist ja ganz toll von dir, Emma, dass du die Sache in die Hand genommen hast. Du kennst die dumme Geschichte mit den fünfzig Metern. Aber du kennst nicht Gregors Mutter, wenn sie sich was in den Kopf gesetzt hat. Dann nämlich zieht sie das durch. Und sie meint, dass es für Gregor besser ist, wenn er mich nicht mehr sieht.«

»Das ist aber nicht besser für ihn«, empört sich Emma.

Kurz schweigen sie und Emma lauscht ins Haus, ob jemand kommt. Aber sie sind immer noch ungestört.

»Weihnachten hilft da bestimmt«, sagt jetzt Emma.

»Und wie soll das gehen?«, fragt Gregors Vater.

»Ich zeig Ihnen was.« Emma deutet mit der Hand nach draußen. Hinter dem Garten auf der gegenüberliegenden Straßenseite steht Gregors Haus. »Sehen Sie ...«

»Was meinst du?«

»In dem Haus wohnt Gregor«, sagt Emma. »Das Fenster rechts unten ist seines. Das sehen Sie auch von Ihrem Zimmer aus. Es ist dreiundfünfzig Meter entfernt. Keine Gefahr. Und wenn Sie nach draußen gehen, dann bitte ziehen Sie sich so an, dass man Sie nicht erkennt. Ich werde mir überlegen, was wir machen. Meine Mutter und die Mutter von Gregor verstehen sich gut. Und meine Tante ist auf meiner Seite. Die weiß Bescheid.«

»Die Frau, die mich ins Haus gelassen hat, ist deine Mutter?«, fragt Herr Lechner.

»Das ist meine Tante Lissie, meine Mutter ist im Krankenhaus, aber sie kommt bald nach Hause.«

»Okay. Ich bleibe erst mal auf meinem Zimmer«, sagt Herr Lechner. »Und wenn ich nach draußen gehe, ziehe ich mir eine Mütze tief ins Gesicht und binde mir einen Schal um.«

»Kommen Sie mit Rentieren klar?«, fragt da Emma plötzlich und erntet einen mehr als fragenden Blick.

»Wie bitte?« Gregors Vater ist überrascht. »Ob ich mit Rentieren klarkomme? Nein, warum? Hat Gregor Rentiere?«

»Nein, Gregor meinte nur, dass sie auf einem Reiterhof arbeiten.«

»So? Wie kommt er denn darauf?«

»Keine Ahnung«, antwortet Emma. »Aber haben Sie Angst vor Rentieren?«

»Ich habe vor Tieren keine Angst«, antwortet Gregors Vater. »Aber ich habe noch nie ein Rentier gesehen. Und mit Pferden habe ich auch nichts zu tun. Warum?«

»Ach, nur so«, meint Emma und sieht ihre Zweifel bestätigt. Sein Vater ist doch kein Kandidat für den Weihnachtsmann. Und wie der Bruder von Superman kommt er ihr auch nicht vor.

Gregors Vater kehrt in sein Zimmer zurück, und nachdem er versprochen hat, vorerst dort zu bleiben, kommt Emma plötzlich auf die Idee, ob vielleicht Lissie den Weihnachtsmann machen könnte. Verkleidet und mit verstellter, tiefer Stimme würde vielleicht niemand merken, dass eine Frau unter der Verkleidung steckt.

Während Emma darüber nachdenkt und gerade die Treppe nach unten gehen will, geht bei Anne die Tür auf und ihr Mann Peter kommt aus dem Zimmer

Ja, richtig!, schießt es Emma durch den Kopf, *den gibt es ja auch noch.* Und wie ein Zeichen trägt Peter einen blauen gestrickten Winterpullover mit Schneeflockenmuster und einem Schlitten darauf. Als wollte er Emma mitteilen: Frag mich, ob ich mit Rentieren klarkomme, ob ich den Weihnachtsmann machen möchte, frag mich!

Aber Peter sagt stattdessen: »Hallo Emma!«

Seine Stimme ist tief, seine Augen sind gutmütig. Überhaupt. Er ist ein freundlicher junger Mann. Eigentlich wäre er der perfekte Weihnachtsmann.

»Schön ist es bei euch. Und diese wunderbare Winterlandschaft draußen, da will man gar nicht mehr weg.«

»Peter!«, ruft Emma überrascht und bleibt auf der ersten Treppenstufe stehen. »Ich hätte da eine Frage«, fährt sie zögerlich fort.

»Frag mich«, sagt Peter. »Wenn es irgendwas ist, das nicht mit Gymnastik oder Atmen in der Schwangerschaft zu tun hat, dann bin ich froh. Zurzeit dreht sich bei uns alles um das Baby.«

Emma lacht, nickt und beruhigt ihn: »Ist was ganz anderes.« Aber sie will ihn nicht hier auf dem Flur fragen. »Gehen wir kurz unten vor die Tür?«, fragt sie. Sie will Peter auch gleich den Rentierschlitten zeigen.

»Okay.« Peter wundert sich ein bisschen. »Gut, gehen wir kurz vor die Tür. Bisschen frische Luft kann nicht schaden. Ich hole mir nur kurz meine Jacke.«

Er kommt kurz darauf mit Anorak wieder auf den Flur. Unten zieht sich auch Emma ihre Winterjacke an und gemeinsam gehen sie vor die Tür. Emma lenkt ihre Schritte Richtung Schuppen.

»Was steht denn hier Schönes?«, kommentiert Peter auch gleich den Schlitten, als er ihn entdeckt.

»Ja, genau. Um den geht es«, sagt Emma und klettert auf den Kutschbock, während Peter in der Tür des Holzschuppens stehen bleibt. Vom Schlitten aus erklärt sie jetzt Peter die Sache mit dem Weihnachtsmann, dem Rentier, dem Schnee, Herrn Paataanen und dass es so schade wäre, wenn ausgerechnet jetzt mit dem vielen Schnee der Rentierschlitten hier im Schuppen bleiben müsste.

Und Emma fragt Peter, ob er mit Tieren gut klarkommt. Vielleicht mit Pferden oder sogar mit Rentieren? Und ob er sich vorstellen könne, für Herrn Paataanen einzuspringen und den Weihnachtsmann zu machen.

»Was, ich?«, staunt da Peter gleich, klettert zu Emma hoch auf den Schlitten und setzt sich neben sie auf den Kutschbock. Anstatt Emma zu antworten, hält er seine Hände vor sich, als würde er Zügel halten.

»Hohoho!«, macht er zu einem unsichtbaren Rentier vor dem Schlitten und bewegt seine Arme, so wie es ein Kutscher tut, wenn es losgehen soll. »Hohoho!«

Emma findet, dass sich Peters Stimme mit dem »Hohoho« perfekt anhört, wie ein echter Weihnachtsmann. Emma ist sich sicher: Peter ist die richtige Wahl.

»Genau!«, ruft sie. »Und ich kann ein bisschen Kutsche fahren. Ich kann dir helfen.«

Ihr fällt auf, dass sie Peter, anders als Gregors Vater, duzt. Das ist ihr bei Peter gleich passiert. Vielleicht weil er jünger ist. Bei Gregors Vater wäre sie nicht auf die Idee gekommen, das hätte sie sich nicht getraut, merkt sie. Der ist älter und ihr auch fremder als Peter.

»Ich bin auch schon mal Kutsche gefahren!«, sagt Peter. »Und früher bin ich lange geritten. Ich habe keine Angst vor Pferden. Und mit einem Rentier werde ich schon klarkommen. Ich habe sogar schon mal eines gestreichelt, als ich in Finnland war.«

»Wirklich?« Emma kann gar nicht glauben, was sie da hört. Das klingt alles so perfekt.

»Am Samstag ist das, sagst du? Das ist ja dann schon übermorgen?«

»Ja.«

»Hmm«, macht da Peter und verdreht ein bisschen die Augen. »Ich muss das mit Anne besprechen. Ich weiß noch gar nicht, wo wir an Weihnachten sind. Anscheinend kann Anne nicht ohne deine Tante Lissie sein. Nicht in den letzten Tagen ihrer Schwangerschaft. Ist denn deine Tante noch hier am Heiligabend?«

»Ich glaube schon«, sagt Emma. »Ihr könnt doch alle hierbleiben. Das Haus ist groß genug und wir feiern immer mit Gästen Weihnachten. Das wäre doch schön. Würdest du den Weihnachtsmann machen?«

Peter nickt zustimmend.

»Ja«, sagt er. »Wir können doch den schönen Schlitten nicht hier im Stall lassen. Und wenn Anne will und deine Tante hier Weihnachten feiert, dann bleiben wir auch hier.«

»Das ist toll!«, freut sich Emma .

»Kann ich das Rentier mal kennenlernen?«, will Peter wissen. »Und vertraut dieser Herr Paataanen denn sein Rentier einem Fremden an?«

»Ich kenne das Rentier ganz gut«, sagt Emma. »Und mit mir zusammen würde er das machen. Am besten ist, wir besuchen ihn morgen einmal.«

18

Das Wichtigste ist jetzt, Gregor gegenüber keine Fehler zu machen. Emma braucht Gregor. Sie wollen ja zu dritt auf dem Kutschbock sitzen. Die Sache mit dem Weihnachtsmann muss vorbereitet werden. Gleichzeitig muss Emma darauf achten, dass Gregor nicht zu früh seinem Vater über den Weg läuft.

Am nächsten Tag in der Schule hat sie Gregor gleich davon unterrichtet, dass sie mit Peter einen Ersatz für Herrn Paataanen gefunden hat. Und dass sie am Nachmittag mit ihm zu dem Finnen gehen will, um ihm den neuen Weihnachtsmann vorzustellen und Peter das Rentier zu zeigen. Damit der einen ersten Kontakt zu dem Tier knüpfen kann.

»Da komm ich mit«, hat Gregor gesagt.

»Klar kommst du mit«, hat Emma noch gesagt. »Aber zu niemandem ein Wort!«

»Bleibt unser Geheimnis«, hat Gregor gesagt.

Wie abgemacht steht Gregor am frühen Nachmittag schon wieder auf der Matte. Obwohl er weiß, was sie vorhaben, hebt er seine rechte Hand, formt zwei Finger zu einem V und sagt: »Hi, was geht ab?«

»Dem Paataanen den Peter vorstellen«, sagt Emma. »Schon vergessen?«

Gregor grinst nur.

»Moment!«, sagt Emma schnell. »Warte hier, wir kommen.«

Sie fühlt sich ausgesprochen mulmig bei der Vorstellung, dass Gregor und sein Vater keine fünfzig Meter voneinander getrennt sind. Sie muss Gregor schnell von hier weglocken. Emma flitzt in den ersten Stock hoch und klopft an Peters Tür. Als er öffnet, sagt sie nur das Stichwort »Weihnachtsmann« und Peter flüstert »Okay!«, lehnt hinter sich die Tür an und kommt auf den Flur. Das Flüstern gefällt Emma. Das hat etwas sehr Geheimnisvolles. Auch sie flüstert, als sie Peter sagt, dass Gregor unten ist und sie jetzt gemeinsam zum Finnen könnten.

»Okay!«, wiederholt Peter. »In zwei Minuten bin ich unten.«

Wenig später vor dem Gästehaus hebt Gregor seine Hand und formt die Finger zu einem V, als er Peter sieht. »Was geht ab!«

»Hallo Gregor, ich bin der Peter«, sagt Peter.

»Ich weiß. Peter, der Weihnachtsmann«, grinst Gregor.

Emma hat es eilig. Gregor darf sich nicht länger innerhalb der verbotenen Zone von fünfzig Metern aufhalten. Als sie sich vom Gästehaus entfernen und den Weg zum alten Finnen einschlagen, dreht sie sich um. Für einen kurzen Augenblick kann man vom Weg aus zwischen zwei Häuser auf die Rückseite des Gästehauses schauen und auf das Balkonzimmer, in dem Gregors Vater untergebracht ist. Sie glaubt, dort hinter dem Vorhang eine Gestalt zu sehen. Ob er sie sieht? Was er wohl dabei denkt?

Ohne viel zu reden, wie eine verschwörerische Truppe, gehen sie durch die Siedlung. Vorbei an den Häusern, in denen bald die große Freude der Kinder ausbrechen wird, wenn der Weihnachtsmann mit dem Rentierschlitten seine Geschenke verteilt.

Als sie sich dem Finnenhaus nähern, sagt Peter: »Das sieht ja aus wie ein Hexenhaus.«

»Ja«, sagt Gregor. »Unheimlich ist das. Ich glaube ja, er isst Kinder.«

»Ach ja?« Peter lacht Gregor an und nickt. »Das glaube ich auch.«

Emma bereitet Peter noch darauf vor, dass sie eventuell noch auf eine alte Dame treffen – »Hexe!«, kommentiert Gregor –, dass Herr Paataanen mit Grippe im Bett liegt und von Frau Weber – »Hexe!«, kommentiert Gregor wieder – versorgt wird. Und dass das Rentier hinter dem Haus in einem Stall steht.

Peter nickt zu den Worten und Emma merkt, wie er nervöser wird. Auch er lässt sich von dem Unwohlsein, das man beim Anblick vom Finnenhaus verspürt, anstecken.

Als sie an die Tür klopfen, dauert es ein paar Sekunden, bis sie im Haus Schritte hören. Frau Weber öffnet.

»Ihr schon wieder«, sagt sie, und an Peter gewandt: »Und wer sind Sie?«

»Er ist der Rentierflüsterer«, sagt Emma. »Herr Paataanen hat gesagt, wenn wir so einen finden, dann darf der dieses Jahr den Weihnachtsmann machen.«

»So so, ein Rentierflüsterer«, wiederholt Frau Weber.

»Wer ist denn da?«, kommt von hinten die schwache Stimme vom alten Finnen.

»Die Kinder mit einem Rentierflüsterer!«, ruft Frau Weber über ihre Schulter.

»Die sollen reinkommen!«

»Wie Sie meinen«, ruft sie, macht in der Tür Platz und lässt Emma, Gregor und Peter ins Haus.

Als sie an Frau Weber vorbei sind, beugt sich Peter zu Emmas Ohr hinab und flüstert ganz leise: »Gregor hat recht mit der Hexe.«

Emma nickt und kichert.

Herr Paataanen liegt immer noch im Bett, die Decke bis zum Hals hochgezogen, die Stimme schwach und hüstelnd. Das Zimmer ist immer noch nicht gelüftet. Immer noch unordentlich.

Mit kritischem Blick mustert er Peter, dann nickt er leicht und sagt: »Hallo!«

»Das ist der Peter. Er kann Kutsche fahren«, sagt Emma gleich. »Und er kennt Rentiere.«

»So so«, sagt Herr Paataanen. »Ist er schon mal mit einem Rentierschlitten gefahren?«

»Ich war auf einer Rentierfarm«, sagt Peter.

»Aha«, macht Herr Paataanen. »Ein Besuch auf einer Rentierfarm macht aber noch keinen Rentierflüsterer. Na, ich schau mir mal an, wie Sie mit meinem Poro klarkommen.«

»Poro heißt auf Finnisch Rentier«, erklärt Emma.

»Durch das Fenster hier …«, Herr Paataanen deutet neben sich, »… sehe ich in den Garten. Im Stall ist mein Poro. Führen Sie es doch einmal über das Gehege. Wenn ich sehe, dass Sie das gut machen, dann geht das in Ordnung mit dem Weihnachtsmann. Und Emma, bleib du bitte bei ihm. Du kennst ja mein Poro.«

»In Ordnung«, sagt Emma. »Wir gehen nach draußen und ich pass auf.«

Unter den kritischen Blicken von Frau Weber gehen die drei jetzt nach draußen in den Garten.

Hinter dem Haus öffnet Emma das Tor zum Gatter und Gregor, Emma und Peter betreten das Gehege. Sie stapfen quer durch den Schnee zum Stall. Durch ein kleines Fenster schauen sie in den Stall und sehen das Rentier friedlich Heu fressen.

»Ein echtes Rentier«, staunt Peter, so als hätte er bisher gar nicht glauben können, dass es hier tatsächlich ein Rentier gibt. Sie alle werden jetzt schlagartig nervöser. *Hoffentlich hat Peter nicht geflunkert*, denkt Emma, *als er erzählt hat, dass er gut mit Pferden kann und auch keine Angst vor einem Rentier hat.*

Während Emma und Peter durch das kleine Fenster das Rentier bestaunen, ergreift zu ihrer Überraschung Gregor die Initiative. Entschlossen betritt er den Stall und geht zum Rentier, streicht ihm beruhigend über den Bauch und spricht leise: »Hallo Poro, keine Angst, wir führen dich jetzt durch den Garten.«

Das Rentier schwenkt seinen Kopf in Gregors Richtung, dann frisst es weiter.

Na so was, denkt Emma. *Gregor tut ja gerade so, als wäre das Rentier der Zampano. So vertraut wie er mit ihm spricht. Der Gregor ist doch immer für Überraschungen gut.*

»Na«, sagt Peter. »Es sieht ja ganz so aus, als ob hier jemand anderes der Poroflüsterer ist.«

Emma und Peter beobachten jetzt, wie Gregor das Rentier vorne am Halfter nimmt und es mit leisen, zärtlichen Worten aus dem Stall führt. Das Rentier folgt ihm widerstandslos. Als er mit dem Tier ins Freie kommt, streichelt Emma dem Rentier über den Hals. Es schnaubt und dreht leicht den Kopf.

»Hallo, Poro«, sagt Emma. »Kennst du mich noch? Ich bin die Emma.«

Alles verläuft ohne Probleme. Nur als sie bei Peter vorbeikommen, legt das Rentier die Ohren an und schnaubt einmal hörbar.

»Peter, jetzt musst du das Rentier nehmen«, sagt Emma. »Damit Herr Paataanen sieht, dass du das gut kannst. Ist das okay?«

»Das ist okay«, sagt Peter und greift auf der anderen Seite nach dem Halfter. »Gregor, vielleicht lässt du die ersten Meter das Tier noch nicht gleich los.«

Während Peter und Gregor das Tier über das Gehege führen, folgt Emma in kurzem Abstand. Zu Emmas Zufriedenheit sieht das sehr vertraut aus, wie die beiden das machen. Peter bekommt mehr und mehr Sicherheit und tätschelt dem Rentier den Kopf. Er spricht ein paar beruhigende Worte und wirkt dabei sehr vertrauensselig.

Nach ein paar Minuten führt Peter alleine das Tier durch das Gehege. Er macht das so, als würde er im Leben nichts anderes tun, als fremde Rentiere durch die Welt zu führen. Mit einem kurzen Blick streift er Emma und zwinkert ihr zu. Peter führt das Rentier noch zweimal in einem großen Kreis durch das Gehege, bevor er es wieder zurück in den Stall bringt.

Als die drei dann wieder im Haus sind, ist Herr Paataanen sehr zufrieden mit dem, was er gesehen hat.

»Wie es aussieht, könnt ihr alle drei gut mit Poros. Da brauche ich mir ja wohl keine Sorgen zu machen.«

Emma freut sich riesig über die Worte von Herrn

Paataanen und versichert ihm noch einmal, dass das Rentier bei ihnen gut aufgehoben ist.

Zum Schluss gibt der alte Finne noch ein paar Instruktionen zum Anspannen des Schlittens und worauf zu achten ist. Dann einigen sie sich darauf, dass Emma, Peter und Gregor das Rentier morgen holen.

»Die Schlittenfahrt startet immer um drei Uhr nachmittags hier bei mir am Waldrand«, sagt Herr Paataanen. »Das Beste ist, ihr holt es so um zwei Uhr, spannt es bei euch vor den Schlitten, kommt auf direktem Weg hierher und fahrt dann von hier in den Ort. Ich werde bei der Gemeinde anrufen und sagen, dass ihr für mich einspringt. Die werden dann dafür sorgen, dass ihr genug Bonbons auf dem Schlitten habt und das Weihnachtsmannkostüm werden die auch bei euch vorbeibringen. Und um fünf Uhr müsst ihr dann wieder zurück sein. Sonst wird es für das Tier zu anstrengend.«

Als sie wieder auf dem Rückweg sind, sagt Peter: »Das wird ja spannend morgen. Aber versprochen, ich sitze da nicht alleine auf dem Kutschbock. Gregor, du hast wie ein echter Rentierflüsterer ausgesehen vorhin. Du hilfst mir?«

»Auf dem Schlitten neben dem Weihnachtsmann?«, fragt Gregor mit leuchtenden Augen.

»Ja, klar«, sagt Peter.

»Mann«, sagt Gregor. »Eigentlich bin ich ja Dackelflüsterer. Aber natürlich helfe ich dem Weihnachtsmann.«

»Wir helfen dir beide«, sagt Emma.

»Cool!«, sagt Gregor. »Wir alle sind der Weihnachtsmann!«

Die Freude darüber, dass es dieses Jahr nun doch mit dem Schlitten und dem Weihnachtsmann klappen wird, ist so groß, dass Emma die Sache mit Gregors Vater für einen Augenblick ganz vergessen hat. Und jetzt, als sich Gregors Vater wieder in Emmas Gedankenwelt schleicht, passiert schon wieder etwas, das diese Gedanken erneut wegfegt. Schon von Weitem sieht sie, wie ihre Mutter aus einem Taxi steigt und sich vom Taxifahrer eine Tasche in die Hand drücken lässt.

»Mama!« Mit diesem Freudenruf rennt Emma auch schon los und lässt Peter und Gregor zurück.

»Mama!« Ihre Mutter will schon ins Haus, als sie plötzlich innehält. Ihr Kopf dreht sich zu Emma, die herangeflogen kommt wie ein junges Fohlen auf einer Frühlingsweide. Auf dem Gesicht von Emmas Mutter zeigt sich ein fröhliches Lachen. Noch etwas mühsam geht sie in die Hocke und breitet die Arme aus.

»Meine Emma! Wie schön, dich zu sehen!«, ruft sie. »Aber Vorsicht. Nicht zu ungestüm. Ich bin noch ein bisschen wackelig.«

Emma wäre am liebsten wie ein Kleinkind in die ausgebreiteten Arme ihrer Mutter gesprungen. Aber das hätte sie wohl auch ohne die Warnung ihrer Mutter nicht gemacht. Drei Meter vor ihr bremst Emma ihren Lauf ab und lässt sich nur ein bisschen in die ausgebreiteten Arme ihrer Mutter fallen.

»Mama, endlich!«, ruft Emma.

»Der Arzt meinte, es verheilt alles ganz wunderbar, und hat mich heimgeschickt.«

»Wie schön.«

»Und hier ist alles in Ordnung?«, fragt Mama.

»Ja«, sagt Emma. »Hier ist alles in Ordnung. Und schau, der Schnee.«

»Wunderschön sieht das aus«, sagt ihre Mutter. »Das hast du dir doch so sehr gewünscht. Ich freue mich so. Der Wetterbericht sagt, dass der Schnee über die Feiertage liegen bleibt. Es soll kalt bleiben.«

»Das wird ein tolles Weihnachten«, freut sich Emma.

Hinter ihr kommen Gregor und Peter näher. Und mit Gregor kommen jetzt nun doch wieder ihre Gedanken an Gregors Vater. »Alles in Ordnung« stimmt nämlich nicht so richtig. »Alles in Unordnung« müsste es eigentlich heißen. Emma muss ihrer Mutter unbedingt die Sache mit Gregors Vater beichten. Ohne ihre Hilfe ist sie total aufgeschmissen. Nicht auszudenken, wenn Gregors Vater jetzt hier aus dem Haus spazieren würde. Gregor würde in Ohnmacht fallen und ihre Mutter würde die Welt nicht mehr verstehen.

Ganz dringend braucht Emma ihre Mutter jetzt für ein paar Minuten für sich ganz alleine, um ihr alles zu erklären.

»Hallo«, begrüßt Gregor Emmas Mutter und streckt ihr die Hand entgegen. »Schön, dass Sie wieder da sind.« Gregor kann ein sehr höflicher Junge sein.

»Hallo Gregor«, antwortet Emmas Mutter und sieht dann Peter an.

»Das ist der Peter von der schwangeren Anne«, stellt

Emma Peter vor. »Peter macht den Weihnachtsmann. Weil Herr Paataanen krank ist, und Peter Rentierschlitten fahren kann. Und der Schlitten muss ja unbedingt aus dem Schuppen raus, dieses Jahr. Wegen dem Schnee. Und es wäre so schade, wenn niemand den Weihnachtsmann macht.«

»So!«, staunt ihre Mutter. »Was hier alles passiert, wenn ich mal ein paar Tage im Krankenhaus bin.«

20

Nach zehn Minuten ist Peter bei Anne und Gregor nach Hause und Emma mit ihrer Mutter endlich allein in der Küche. Sie beeilt sich, ihrer Mutter alles zu beichten. Die Worte sprudeln nur so aus ihr heraus. Vielleicht auch deshalb, weil Emma ahnt, dass sie ihre Mutter nicht lange alleine haben wird. Die Kowalskys haben schon nach ihr gefragt und mit Lissie wird es auch viel zu besprechen geben.

Emmas Mutter muss unbedingt schnell Bescheid wissen. Denn Emma braucht jetzt ihren Rat, weil sie nicht mehr weiterweiß. Es ist zu viel, was gerade gleichzeitig geschieht.

Kurz zögert sie, dann fasst sie sich ein Herz und gesteht, dass sie Gregors Vater ins Gästehaus gelockt hat und er jetzt in Zimmer sieben ist. Und sie fragt ihre Mutter, was sie machen soll, damit Gregors Vater mit ihnen allen gemeinsam Weihnachten feiern kann.

Ihre Mutter weiß erst einmal nicht, was sie sagen soll. Die Worte stauen sich in ihr auf. Sie ist sprachlos vor Staunen und Emma hat Angst, dass sie schimpfen wird.

Aber das Gegenteil ist der Fall. Nach Emmas Beichte schüttelt ihre Mutter noch eine Weile ungläubig den Kopf, bis sich unaufhaltsam ein Lächeln auf ihrem Gesicht breitmacht.

»Du hast was?«, staunt sie schließlich. »Du hast Gregors Vater angerufen und gesagt, dass er kommen soll, um mit seinem Sohn Weihnachten zu feiern?«

Sie streicht Emma anerkennend über den Kopf. »Hat er denn am Telefon nicht gemerkt, dass du ein Kind bist?«

»Nein«, antwortet Emma nicht ohne Stolz. »Ich hab meine Stimme tiefer gemacht.«

»Du bist vielleicht eine!«, sagt ihre Mutter und drückt sie.

»Der Gregor wünscht sich so sehr, dass sein Vater zu Weihnachten kommt. Und Herr Lechner ist nett. Gar nicht streng oder so.«

»Ja«, sagt ihre Mutter. »Das mit den fünfzig Metern ist ja auch zu albern. Ich hab auch das Gefühl, dass da was nicht stimmt.« Sie macht eine Pause, und dann: »Ist Gregors Vater jetzt oben im Zimmer?«

»Ja, ich hab ihm gesagt, dass er erst einmal dort bleiben soll. Und wenn er rausgeht, soll er sich verkleiden.«

Ihre Mutter nickt wieder und wird dabei nachdenklich.

Sie hält ihre flache Hand auf den Bauch, wo die Operationsnarbe ist.

»Emma«, sagt sie dann. »Ich finde, das hast du ganz toll gemacht. Nicht nur, dass du und Lissie das Gästehaus so gut im Griff habt, sondern auch das mit Gregors Vater. Uns wird schon was einfallen. Ich rede einmal mit Gregors Vater und auch mit seiner Mutter. Irgendwie muss ich einfädeln, dass das mit gemeinsamen Weihnachten klappt. Wo ist eigentlich Lissie?«

»Keine Ahnung, vielleicht einkaufen«, vermutet Emma. »Oder sie atmet mit Anne.«

»Ach ja, ihre Schwangere«, sagt Mama und nickt. »Das hat mir Lissie erzählt, dass die nicht einfach ist.«

Es klopft an der Küchentür und die Kowalskys schauen herein.

»Hallo«, sagt Mr Kowalsky mit amerikanischem Akzent. »Wie geht es Ihnen? Everything okay?«

»Hello, Mr Kowalsky«, antwortet Emmas Mutter. »Ja, danke. Alles gut gegangen. Endlich wieder zu Hause.«

»Your daughter did a great job.«

»Danke«, sagt Emmas Mutter und streicht Emma über den Kopf.

Jetzt zwängt sich Sandy durch die Tür, grüßt Emma und grüßt ihre Mutter. Auch Mrs Kowalsky kommt in die Küche.

»We are off to Garmisch«, sagt sie. »The Schnee is so beautiful.«

Kaum sind die Kowalskys aus dem Haus, klopft Marlene Meier Esotante an die Küchentür. Auch sie freut sich, dass Emmas Mutter wieder da ist, und bietet ihre Hilfe an.

»Und bitte schonen Sie sich«, sagt sie. »Aber Sie haben Glück. Wir befinden uns in der Phase des Neumondes. Da verheilen Narben besondes gut.«

»Ach wirklich?«, staunt Emmas Mutter.

Auch Anne und Peter tauchen auf. Annes Gang ist schaukelnd, ihr Atem schwer. Das Leben ist für sie mittlerweile recht mühsam, das ist nicht zu übersehen.

»Es freut mich, dass Sie hier sind, Anne«, sagt Emmas Mutter. »Ich hoffe, dass Sie sich wohlfühlen bei uns. Und dass sich da drinnen auch jemand wohlfühlt bei uns.« Sie deutet mit dem Zeigefinger auf Annes Bauch.

»Vielen Dank, dass wir hier sein dürfen«, antwortet Anne. »Es ist wunderschön hier.« Sie verdreht die Augen und sieht ihren Mann liebevoll an. »Ja, ich weiß, ich bin ein wenig hysterisch«, sagt sie dann. »Aber Lissie ist eine so gute Hebamme. Da gibt es keinen Ersatz. Und ich bin kurz davor. Ich brauche jetzt Lissie. Und meinen Mann brauche ich auch.« Sie sieht Peter mit sorgenvollem Blick von der Seite an.

»Das verstehe ich«, antwortet Emmas Mutter. »Aber wie ich höre, ist ihr Mann ja jetzt auch eine wichtige Figur im Ort.«

»Ja«, sagt da Anne. »Ich war total überrascht, als er

mir gesagt hat, dass er für den Weihnachtsmann einspringt.«

Anne wendet sich an Emma und sagt: »Oberalpendorf hat Glück. Denn Peter ist sehr geeignet als Weihnachtsmann. Er ist beliebt bei Kindern und mag Tiere. Er ist ein sehr warmherziger Mensch.«

»Wir sind alle sehr froh, dass Peter das macht«, sagt Emma.

Anne nickt, schaut Emma aber mit so einer Art freundlichem Bedauern an.

»Ein bisschen unsicher ist es ja schon«, sagt sie und hält sich den Bauch. »Du weißt ja, dass es bei mir jederzeit losgehen kann. Vielleicht suchst du noch einen Ersatz für den Ersatz. Damit der einspringen kann, falls es bei mir so weit sein sollte. Wie bei einem Theater. Da gibt es auch immer die zweite Besetzung für wichtige Rollen.«

»Kann das denn sein?«, fragt da Emmas Mutter nach.

»Na ja«, sagt Anne. »Wenn man so weit ist, wie ich jetzt, da weiß man es ja nie so genau!«

Emma merkt, wie Annes Worte ihrer Begeisterung einen Dämpfer verpassen. Da fangen die Probleme schon wieder an. Was, wenn Peter tatsächlich ausfällt? Darauf muss sie vorbereitet sein. Aber woher soll sie so schnell jetzt einen Ersatz für den Ersatz finden?

Kaum sind Anne und Peter wieder aus der Küche, brummt Lissies Auto auf den Hof. Als Emmas Tante das

Haus betritt, ist die Freude groß. Die beiden Schwestern umarmen sich und das Gespräch kommt schnell auf Anne und ihre Schwangerschaft. Lissie rollt nur die Augen.

Emma will jetzt nichts mehr von Problemen und Komplikationen hören. Wie zur Rettung hört sie da die Türklingel. »Ich mach auf!«, ruft sie, springt auf und eilt an die Tür.

Draußen steht ein Mann, den Emma nicht kennt. Er ist nicht sehr groß, ein bisschen dick und hat einen Schnauzbart, der wohl von seiner Glatze ablenken soll. Emma hat den Mann noch nie gesehen, deswegen sagt sie gleich einmal: »Tut uns leid, kein Zimmer mehr frei. Wir sind voll.«

Da muss der Mann lachen und schüttelt gleichzeitig den Kopf.

»Nein, ich möchte kein Zimmer«, sagt er. »Ich bin von der Gemeinde, und Herr Paataanen, der ja leider krank ist, hat gesagt, dass hier der Ersatzweihnachtsmann wohnt, ein Rentierflüsterer. Das ist ja ganz erfreulich. Und ich wollte fragen, ob denn das morgen klappt. Ein bisschen Ortskenntnisse bräuchte der Weihnachtsmann ja schon. Traditionell kommt er immer oben vom Waldrand, dann fährt er im Zickzack durch den Ort zum Weihnachtsmarkt am Stadtplatz, wo er dann Bonbons verteilt. Die Bonbontüte hätte ich im Auto. Und auch ein paar schön verpackte Pakete, die man auf den Schlitten als Dekoration legen kann. Ja, und dann freilich das Weihnachtsmannkostüm.«

Da hat der Herr von der Gemeinde aber ziemlich viel geredet, findet Emma, der an der Tür schon kalt geworden ist. Sie erzählt ihm von Peter, und was die Ortskenntnisse angeht, dass Peter sowieso nicht alleine sei, weil Gregor und sie mit ihm fahren.

»Das hört sich ja ganz famos an«, sagt der Herr von der Gemeinde. »Könnte ich denn den Herrn Weihnachtsmann einmal kennenlernen?«

»Ich hol mal meine Mama«, sagt Emma.

»Das wäre nett.« Ohne eine Aufforderung von Emma macht er jetzt von selber einen Schritt hinein in den Hausflur.

Emma ist froh, dass ihre Mutter jetzt wieder da ist. Es ist ein schönes Gefühl, Verantwortung zu haben, aber genauso schön, sie wieder abgeben zu können.

In der Küche berichtet Emma vom Gemeindemann an der Tür und dass er den Weihnachtsmann kennenlernen will.

»Ich komme«, sagt ihre Mutter. »Hol du doch mal Annes Mann von oben.«

Emma eilt die Treppe nach oben, und als sie den Flur entlanggeht, kommt sie an der Tür von Gregors Vater vorbei. *Was der wohl gerade macht?*, denkt sie. *Ob er am Fenster steht und sehnsüchtig zu Gregor hinüberschaut?*

Als sie weitergeht, um an Peters Tür zu klopfen, hat

Emma mit einem Mal eine Idee. Die Idee ist noch ganz klein und sehr weit weg. Aber sie ist nicht schlecht, und egal, wie das mit Gregors Mutter ausgeht: Falls sie unbedingt verhindern will, dass ihr Sohn auf Gregors Vater trifft, dann wäre Gregors Vater nicht umsonst gekommen.

Genau, denkt Emma und klopft an Peters Tür.

21

Über Nacht hat sich bei Emma die Idee, die gestern ganz zart angeklopft hat, zu einer großen, neuen Idee gewandelt. Zu einer genialen Idee. Einer perfekten Idee. Emma fühlt sich, als würde sie die Welt retten, dabei ist es nur ein neuer Weihnachtsmann, der ihr gestern eingefallen ist. Dass Peter eventuell wegen der Geburt noch ausfallen könnte, ist einfach zu unsicher. Emma braucht jemanden, der den Weihnachtsmann ohne Wenn und Aber macht. Und den hat sie jetzt. Er muss nur noch mitspielen.

Als Emma am Morgen in die Küche kommt, erschrickt sie. Sie hat geglaubt, Tante Lissie vorzufinden, aber sie trifft auf ihre Mutter in Gesellschaft von Gregors Mutter.

»Buenas días«, grüßt Emma.

»Guten Morgen, Emma«, sagt Gregors Mutter, klatscht sich voller Tatendrang mit den Handflächen auf die

Oberschenkel und steht auf. »Ich wollte den Betrieb nicht aufhalten«, fährt sie fort. »Wollte mir nur ein paar Eier holen. Für meine letzten Plätzchen.«

Sie ist schon auf dem Weg aus der Küche, eine Schachtel mit drei Eiern in der Hand, als sie sich noch einmal nach Emma umdreht und fragt: »Sag mal Emma, kommt dir Gregor in der letzten Zeit nicht auch komisch vor? Er verbringt ziemlich viel Zeit damit, im Schneidersitz auf dem Boden zu sitzen.«

»Das ist das Meditieren«, antwortet Emma. »Das haben wir bei der Esotante gelernt. Die hat gesagt, mit Meditieren gehen Wünsche besser in Erfüllung. Und es ist ja Weihnachten.«

»So?«, macht Gregors Mutter und ihr staunender Blick wechselt zwischen Emmas Mutter und Emma. Sie bemüht sich dabei um gute Laune, die sie aber nicht so richtig zu haben scheint. »Von einer Esotante Meditieren gelernt?«, sagt sie bedeutungsvoll und zwingt sich zu einem Lächeln.

»Ja, Marlene Meier, ein Gast bei uns«, antwortet Emma.

»Na«, sagt Gregors Mutter abschließend. »Jedenfalls besser, als in den Computer zu gucken. Wir freuen uns schon auf Heiligabend bei euch! Ist ja immer wieder besonders schön.« Sie zieht sich ihre Jacke über und geht aus dem Haus.

Kaum sieht Emmas Mutter sie vor dem Haus durch

den Schnee stapfen, sagt sie zu Emma vorwurfsvoll: »Emma, Esotante solltest du zu Frau Meier vor anderen Menschen nicht sagen. Ist nicht so ein schöner Ausdruck.«

»Aber hast du doch gesagt«, meint Emma.

»Ja, stimmt«, sagt ihre Mutter. »Aber das war nur so unter uns.«

»Okay«, sagt Emma, und nach einer kurzen Pause: »Hast du mit Gregors Mutter gesprochen? Wegen seinem Vater?«

Da treten auch schon Sorgenfalten auf die Stirn ihrer Mutter: »Ach, Emma, es sieht schlecht aus.«

»Was?«, fragt Emma und ahnt, was kommen wird. Und da kommt es auch schon.

»Ich hab sie gefragt, wie es denn wäre, wenn man Gregors Vater zu Weihnachten einladen würde. Gregor würde sich das so wünschen …«

»Ja, und?« Emma ist ganz ungeduldig.

»… da ist sie gleich rot angelaufen und hat gesagt: niemals. Was denn das für eine Frage sei. Da habe ich mal nachgefragt, was denn so schlimm wäre … tja …« Ihre Mutter beendet den Satz in einem Seufzer.

»Was, tja?«, fragt Emma.

Ihre Mutter schüttelt zweifelnd den Kopf. »Es sieht so aus, dass aus dem gemeinsamen Weihnachten mit Gregors Vater nichts werden kann. Sie zeigt sich völlig unversöhnlich.«

»Aber das ist doch total doof«, beschwert sich Emma. »Jetzt, wo sein Vater schon hier ist. Weiß sie das?«

»Nein, das weiß sie nicht. Ich glaube, das würde sie überhaupt nicht verstehen. Ich habe sie auch nach den fünfzig Metern gefragt. Sie sagt, dass Gregors Vater sie mal bedroht hätte. Da sei ihr dann ganz angst und bange geworden. Aber ehrlich gesagt: Ich habe das Gefühl, sie übertreibt da ziemlich.«

»Und jetzt?«, fragt Emma.

Ihre Mutter zuckt mit den Schultern. »Tja«, seufzt sie. »Vielleicht können wir ja ein geheimes Treffen zwischen Gregor und seinem Vater arrangieren. Dann ist er immerhin nicht ganz umsonst gekommen.«

»Ein Treffen mit fünfzig Metern Entfernung?«, fragt Emma gereizt nach. »So ein Blödsinn.«

»Im Moment weiß ich auch nicht weiter«, gibt ihre Mutter zu. Sie blickt mitleidig drein und fügt an: »Hier. Ich habe Gregors Vater ein Frühstückstablett gemacht. Würdest du es ihm bitte nach oben in sein Zimmer bringen?« Sie steht auf und holt von der Arbeitsfläche ein Tablett mit Brötchen und einem Teller mit Schinken, Käse, Obst, Kaffee und Orangensaft.

»Weiß er schon, dass sich Gregors Mutter so sturstellt?«, fragt Emma und nimmt das Tablett entgegen.

»Nein«, sagt ihre Mutter. »Das müssen wir ihm noch schonend beibringen. Ich mach das nachher. Bring du ihm mal das Frühstück aufs Zimmer.«

»Ich kann ihm das auch sagen«, meint Emma. »Ich bring ihm doch sowieso das Frühstück aufs Zimmer.«

Wie gut, dass sie ihre neue Idee hat, denkt Emma. Die könnte einiges retten.

Das Tablett nach oben zu tragen, ist gar nicht so einfach. Sie muss aufpassen, dass sie nichts vom Orangensaft und vom Kaffee verschüttet. Als sie es geschafft hat und im ersten Stock ankommt, stellt sie das Tablett auf den kleinen Tisch im Flur und klopft erst einmal bei Peter und Anne.

Als Peter die Tür öffnet, ist er noch im Schlafanzug. Hinter ihm im Doppelbett liegt Anne.

»Guten Morgen, Emma«, sagt Peter.

»Ich muss dir was sagen«, flüstert Emma.

»Was gibt's?« Peter bückt sich zu Emma hinunter.

»Ist es schlimm für dich, wenn ich jetzt einen anderen Weihnachtsmann habe?«, fragt sie. »Ich hab da nämlich ein Problem und eine Idee dazu.«

Flüsternd erzählt sie jetzt die Geschichte mit Gregor, seinem Vater und dass sich Gregors Mutter bei dem gemeinsamem Weihnachtsfest querstellt.

»Und ich hab die Idee gehabt, dass Gregors Vater den Weihnachtsmann macht«, sagt Emma. »Dann kann er wenigstens neben seinem Sohn auf dem Schlitten sitzen.«

»Emma«, sagt Peter mit anerkennendem Nicken. »Das ist mal ein Plan. Ehrlich gesagt, Anne ist sowieso nicht wohl bei dem Gedanken, dass ich heute Nachmittag nicht da sein werde.«

Emma ist froh, dass Peter für ihre Idee Verständnis hat. »Danke!«, sagt sie.

»Nichts zu danken«, antwortet Peter. »Ich finde deine Idee klasse. Und Gregors Mutter will wirklich nicht mit seinem Vater Weihnachten feiern, jetzt, wo er schon da ist?«

»Niemand darf wissen, dass er da ist. Das gehört auch zu meinem Plan«, antwortet Emma. »Deswegen zu niemandem ein Wort.«

Emma legt ihren Zeigefinger an die Lippen und macht große, bedeutungsvolle Augen. »Jeder soll glauben, dass du der Weihnachtsmann bist. Am besten du bleibst hier auf dem Zimmer oder bist gar nicht im Ort. Geht das?«

Peter lacht und nickt. »Ich glaube, das wird gehen. Anne und ich werden uns einen gemütlichen Nachmittag auf dem Zimmer machen. Von uns erfährt niemand etwas.«

Emma atmet einmal tief durch und schnauft. »Aber ich weiß noch nicht, ob Gregors Vater mitmacht. Ich muss ihn erst fragen.«

»Er wäre ein Narr, wenn er das nicht machen würde«, sagt Peter. »Schließlich wird er mit seinem Sohn auf dem Schlitten sitzen. Ich drücke dir die Daumen.«

Als Emma sich zum Gehen umdreht, sagt Peter noch: »Aber halt! Du brauchst was. »

Peter verschwindet für einen Augenblick im Zimmer und kommt mit einer Tüte wieder. Er blickt sich im Flur nach links und rechts um. »Niemand da. Hier, hat mir gestern der Mann von der Gemeinde gegeben.« Er zieht ein rotes Kleidungsstück aus der Tüte und reicht es Emma.

»Richtig!«, sagt sie. »Das Weihnachtsmannkostüm. Das hätte ich glatt vergessen.«

»Viel Erfolg!«, flüstert Peter noch und schließt dann die Tür.

22

Emma geht mit dem Kostüm den Gang hinunter, bleibt vor der übernächsten Tür stehen und klopft.

Anders als bei Peter, der ein bisschen Zeit gebraucht hat, die Tür zu öffnen, hört Emma jetzt eilige Schritte, dann den Schlüssel im Schloss und schon steht Gregors Vater vor ihr. Über das Gesicht von Gregors Vater huscht ein Lachen, bevor seine verwunderten Augen auf dem roten Kostüm in Emmas Hand haften bleiben.

»Nanu?«, fragt er. »Was hast du denn da?«

Weil sie nicht mit dem Kostüm im Gang gesehen werden möchte, macht Emma einen schnellen Schritt ins Zimmer. »Das ist ein Weihnachtsmannkostüm«, sagt sie.

»Aha«, macht Gregors Vater und schaut Emma fragend an. »Und ich dachte, du bringst mir das Frühstück.«

»Das hab ich auch. Das steht hier auf dem Gang, ich hol dir das gleich«, sagt Emma.

»Was gibt es denn Neues?«, fragt Gregors Vater. »Ich

hab vom Fenster aus Gregors Mutter gesehen. Passiert da was?«

Emma legt das Weihnachtsmannkostüm auf den Stuhl vor dem Schreibtisch. Ihr Herz rast mal wieder vor Aufregung. Sie fühlt sich im Ausnahmezustand. Ihr ist aufgefallen, wie sie Gregors Vater jetzt doch duzt. Irgendwie passt das Sie nicht mehr in den neuen Plan. Sie sind ja jetzt Komplizen. Außerdem duzt sie ja sowieso alle Erwachsenen im Haus, warum also nicht auch Gregors Vater.

Emma sagt: »Du musst heute den Weihnachtsmann machen. Das da ist das Kostüm dazu.« Sie staunt über ihre Strenge in der Stimme.

»Was soll ich?« Gregors Vater ist total verdattert und starrt auf das rote Kleidungsstück auf dem Stuhl. Er macht einen Schritt zur Seite, während Emma geschwind auf den Flur geht und das Tablett mit dem Frühstück holt.

»Du bist heute der Peter vom Zimmer schräg gegenüber«, sagt sie, als sie das Tablett auf dem Zimmertisch abstellt. »Der Mann von der schwangeren Anne. Denn der soll eigentlich den Weihnachtsmann machen, weil Herr Paataanen, der Finne, dem das Rentier gehört, krank ist. Aber das geht jetzt nicht. Und jetzt musst du ihn machen. Dafür kannst du mit Gregor auf dem Schlitten durch den Ort fahren. Aber Gregor darf nicht wissen, dass du es bist. Mit Bart und Kostüm wird er dich nicht erkennen. Du darfst nichts sagen außer ›Hohoho‹, wie Weihnachtsmänner das so machen. So kannst du dich auch nicht verraten. Gregor muss glauben, dass du Peter bist.«

»Was ist das denn für eine seltsame Geschichte?«, fragt Gregors Vater und schüttelt ungläubig den Kopf. »Ich soll den Weihnachtsmann machen? Und mit Gregor auf dem Rentierschlitten sitzen?«

»Und mit mir«, sagt Emma und wiederholt noch mal die wichtigsten Punkte ihres Plans.

Aber Gregors Vater kapiert immer noch nicht richtig.

»Ein Rentier von einem kranken Finnen?«, fragt er noch mal nach.

Emma sagt: »Ja!«

Gregors Vater versteht nicht, was das alles mit seinem Sohn zu tun hat, aber die Aussicht, mit ihm auf einem Schlitten zu sitzen, zaubert ein Leuchten in seine Augen. Das Leuchten in den Augen hält an, während Gregors Vater eine Weile nachdenkt. Er blickt auf das Weihnachtsmannkostüm, dann nickt er und sagt: »Ich mach diesen Weihnachtsmann. Aber ihr beide, Gregor und du, ihr sitzt mit mir auf dem Schlitten? Und ihr könnt einen Schlitten lenken? Hab ich das richtig verstanden?«

»Ja«, sagt Emma.

»Und Gregor weiß nicht, dass ich in dem Kostüm stecke. Er glaubt, ich bin dieser Peter.«

»Genau.«

»Ich war schon mal in Finnland«, sagt Gregors Vater.

»Du warst schon mal im Rentierland?«, staunt Emma. »Das hilft bestimmt.«

»Vielleicht merkt das Rentier so was.«

Abschließend sagt Emma zu Gregors Vater, dass sie ihn um halb zwei von seinem Zimmer abholen wird. Dann geht sie.

Auf dem Flur merkt sie, wie sehr ihr der Kopf schwirrt. Es gibt so vieles, woran sie jetzt denken muss, dass sie von einem merkwürdigen Gedankenschwindel heimgesucht wird. Sie kann sich jetzt auf gar nichts mehr konzentrieren. Sie merkt, wie ihr das Treppensteigen hilft, ihre Gedanken wieder zu ordnen. Mit jedem Schritt nach unten finden ihre Gedanken wieder den richtigen Platz. Da es im Augenblick nichts Wichtiges zu tun gibt, verbringt sie die folgende Zeit des Wartens mit Treppensteigen.

Sie rennt im Haus die Treppe hoch und runter, und wieder – hoch und runter. Bis sie wieder klar denken kann. Irgendwann kommt sie auf die Idee, Gregor Bescheid zu geben, dass er nicht zu früh kommen soll. Sie zieht sich ihre Winterklamotten an, geht zu Gregor und sagt ihm, dass er erst um halb zwei bei ihr auftauchen soll. Dann geht sie wieder nach Hause und rennt die Treppe hoch und runter.

Die Zeit, bis es endlich losgeht, erscheint ihr wie eine Ewigkeit.

Dann endlich! Am frühen Nachmittag folgt ein roter Weihnachtsmann Emma die Treppe nach unten, wo er im Flur auf Emmas Mutter stößt.

Von ihren neuen Plänen mit einem neuen Weihnachtsmann hat Emma ihrer Mutter nichts erzählt.

»Oh, Peter«, sagt ihre Mutter voller Bewunderung. »Wie ein echter Weihnachtsmann sehen Sie aus. Passen Sie auf das Rentier auf! Und viel Erfolg.«

»Hohoho!«, antwortet Gregors Vater mit tiefer Stimme.

»Den Sack mit den Bonbons hat Lissie euch schon auf den Schlitten getan«, sagt ihre Mutter. »Emma, ich wünsche euch viel Erfolg!«

»Hohoho«, brummt der Weihnachtsmann.

Emma hat es jetzt eilig, mit dem falschen Peter nach draußen zu kommen. Sie zieht sich schnell die Winterjacke über, setzt sich die Mütze auf und schiebt den Weihnachtsmann vor die Tür.

Der Weihnachtsmann folgt ihr zum Schuppen und schaut sich den Schlitten an. In glitzernde Folie verpackt, türmen sich darauf die Geschenkkartons, die der Mann von der Gemeinde als Dekoration mitgebracht hat.

»Hohoho«, sagt der Weihnachtsmann anerkennend.

Gregors Vater kann man unter der Kostümierung wirklich nicht erahnen. Ein bisschen groß ist das Gewand für seine Statur, es sieht aus, als würde der Weihnachtsmann die Schultern nach unten hängen lassen. Er macht keinen allzu fröhlichen Eindruck. Als er sich aber vom Schlitten wieder abwendet und plötzlich Gregor um die Ecke biegen sieht, erstarrt er unter dem Weihnachtsmannkostüm. Und bei Emma fängt mal wieder das Herz an zu rasen. Was für eine Aufregung!

Gregors Gesicht wirkt konzentriert und ernst. Aber als er den Weihnachtsmann sieht und den Schlitten mit den Geschenken und den Bonbonsäcken, da wirkt er schlagartig fröhlicher.

»Hallo, Gregor«, ruft Emma, eine Spur zu laut. »Schau mal, den Peter kann man überhaupt nicht erkennen.«

»Ja«, sagt Gregor und lacht. »Rote Mütze, roter Weihnachtsmann. Hallo Peter. Alles okay?«

»Hohoho«, antwortet der Weihnachtsmann. Aber es ist kein aufmunternder Ausruf, wie man ihn vom Weihnachtsmann kennt. Das »Hohoho« kommt heraus, als wolle es in seinem Hals stecken bleiben. Es klingt abgehackt.

»Ho … Ho … Ho …!«

Der Weihnachtsmann ist überrascht und beeindruckt, das merkt Emma ganz deutlich.

»Gehen wir zum Rentier«, schlägt sie vor.

Sie hat das Gefühl, dass Gregor bis jetzt wohl keinen guten Tag erwischt hat. Auch wenn er jetzt lacht und sich bemüht, kommt er ihr wie gebremst vor. Emma findet es aber ganz gut, dass er nicht aufgekratzt ist und wenig sagt. *Wenn der wüsste*, denkt Emma nur, *wer unter dem Weihnachtsmannkostüm steckt.*

Emma achtet darauf, dass sie zwischen den beiden geht. So, als wollte sie die fünfzig Meter Abstand ersetzen, damit nichts Unvorhergesehenes geschieht. Sie merkt natürlich, dass der Weihnachtsmann neben ihr, sooft es geht, seitlich zu Gregor schaut. Als wolle er staunend ein Kunstwerk ansehen. Auch wenn er hätte sprechen dürfen, glaubt Emma, dass es Gregors Vater sowieso die Sprache verschlagen hat.

Weit ist es nicht bis zum Rentier-Finnen. Zehn Minuten zu Fuß. Es ist kalt geblieben, wie der Wetterbericht es vorhergesagt hat. Der Schnee knirscht unter den Schuhen und den Atem tragen sie in kleinen Wolken vor sich her. Hinter manchen Fenstern der Siedlung stehen Menschen und staunen den Weihnachtsmann an. Kinder winken ihm und in ihren Augen glänzt der Widerschein des Glücks. Emma geht mit großem Ernst in der Brust zwischen Vater und Sohn und fühlt sich wie die Herrscherin über den Frieden, der über Oberalpendorf liegt.

Frau Weber zeigt immer mehr, dass sie Verwandtschaft mit einer Hexe hat. Sie lässt sie diesmal erst gar nicht ins Haus. Als die Tür einen Spaltbreit offen steht, hören sie die immer noch schwache Stimme vom alten Paataanen aus seinem Zimmer.

»Geht gleich in den Stall. Geschirr hängt neben dem

Eingang. Das Rentier hat gefressen und ich schätze mal, es freut sich auf den Tag. Also, viel Erfolg.«

»Danke!«, ruft Emma ins Haus und Gregors Vater, der nichts anderes sagen darf, sagt den einzigen Text, den Emma ihm erlaubt hat. Er will ja die Mission nicht gefährden: »Hohoho.«

23

Emma staunt und fragt sich, ob das Rentier glaubt, dass unter dem Weihnachtsmannkostüm vielleicht Herr Paataanen steckt. Denn es macht nicht die geringsten Schwierigkeiten. Als wäre es seit ewigen Zeiten die natürliche Aufgabe eines Rentiers, zu Weihnachten vor den Schlitten des Weihnachtsmannes gespannt zu werden, bleibt es geduldig stehen und wartet, bis man ihm das Geschirr angelegt hat. Auch bei Gregors Vater zeigt sich erstaunlicherweise keine Unsicherheit. Vielleicht ja auch, weil er seinem Sohn gegenüber Mut beweisen will. Vielleicht aber auch, weil Gregor und Emma tatkräftig an seiner Seite sind.

Gregor hat sich neben der Stalltür das Geschirr geschnappt und gemeinsam mit seinem Vater legt er es dem Tier jetzt an. Das Rentier hilft sogar mit, es senkt den großen Kopf, damit sich Vater und Sohn leichter tun. Es schnaubt kurz, stampft mit einem Huf auf den

Boden. Als wäre es ungeduldig und könnte kaum erwarten, den Weihnachtsschlitten zu ziehen. Es ist das friedlichste Tier der Welt.

Dann nimmt der Weihnachtsmann das Rentier am Halfter und gemeinsam mit Gregor führen sie es aus dem Stall. Durch das Fenster sieht Emma im Haus Herrn Paataanen, der sich aufrecht ins Bett gesetzt hat und beobachtet, wie sein Poro aus dem Stall und dann aus dem Garten auf die Straße trottet. Frau Weber steht mit misstrauischem Blick neben seinem Bett, die Hände in die Hüfte gestützt. Emma winkt ihnen zu.

Alles klappt wunderbar.

Als sie wenig später mit dem Rentier beim Gästehaus ankommen, ist das Staunen groß. Dass es den Gästen nicht verborgen bleibt, was da im Schuppen und auf dem Hof geschieht, liegt an Sandy. Mit lautem Gekreische ist sie zu ihren Eltern gerannt und hat laut verkündet, dass Santa Claus im Garten das Rentier vor den Schlitten spannt.

»Look at the reindeer! A reindeer!«, ruft sie.

Bis auf die Kowalskys, Marlene Meier Esotante, Lissie und Emmas Mutter lassen sich nur Anne und Peter nicht aufscheuchen. Peter ist ja eigentlich der Weihnachtsmann und Gregors Vater gibt es offiziell nicht.

Die Gäste stehen jetzt vor der Eingangstür des Gästehauses und verfolgen mit Begeisterung, wie sich das Rentier bereitwillig vor den Schlitten stellt.

Emma merkt, dass das Publikum Gregors Vater nervös macht.

Er versucht das Rentier anzuspannen und will gerade einen Karabinerhaken in eine Öse schnappen lassen, verfehlt aber mit zitternder Hand sein Ziel ein ums andere Mal. Emma entgeht auch nicht, dass er eigentlich keine Ahnung hat, wie es geht. Sie zeigt ihm, welcher Karabiner wo eingehängt werden muss.

»Hohoho«, macht Gregors Vater. Damit will er das Tier beruhigen, macht es aber unnötigerweise nervöser. »Hohoho« ist ja nichts anderes als das »Hü« des Weihnachtsmanns. Endlich schnappt der Haken ein und das Tier ist vor den Schlitten gespannt.

»Santa Claus«, ruft Sandy von der Tür aus und winkt scheu.

»Hohoho!«, macht der Weihnachtsmann und zwinkert dem Mädchen zu.

»Good luck!«, rufen die Kowalskys, und Gregors Vater antwortet »Hohoho!«.

»So was Schönes aber auch. Ein Weihnachtsschlitten, der Schnee und ein richtiger Weihnachtsmann!«, ruft Marlene Meier Esotante.

Als Gregors Vater wieder ein »Hohoho« von sich gibt, findet Emma, dass es nun mit den »Hohohos« reicht.

»Gregor, alles klar«, sagt sie eilig. »Steig doch schon mal auf.«

»Hohoho«, macht Gregor.

»Wer fährt denn da alles mit dem Weihnachtsmann?«, fragt Lissie.

»Gregor und ich fahren noch mit«, antwortet Emma. »Wir helfen ihm.«

Als Sandy davon erfährt, will sie auch mit. Unbedingt.

»Mo-om! I also want to go on the sledge!«, jammert sie. Aber es ist kein Platz mehr auf dem Schlitten. Dann will Sandy unbedingt nebenherlaufen.

Gregors Vater, sichtlich nervös, hat es jetzt eilig, auf den Schlitten zu kommen. Etwas unbeholfen in seinem weiten Kostüm klettert er zu Gregor auf den Kutschbock. Als sich Emma rechts neben ihn setzt, nimmt er die Zügel in die Hand. Es sieht aber so aus, als wüsste er nicht, wie man damit das Gespann in Bewegung bringt. Er hält die Zügel ungeschickt wie zwei Angelruten.

»Hohoho«, macht er, und als darauf nichts geschieht, nimmt Gregor die Gerte, die neben ihm steckt. Kaum kitzelt er damit das Hinterteil des Rentiers, setzt sich der Schlitten in Bewegung. Zuerst ein kleines Stück über den ebenen Holzboden des Schuppens, dann gleiten die Kufen geräuschlos über den Schnee. Nur die Hufe des Rentiers und die Glocken am Schlitten sind noch zu hören.

»Hohoho!«, ruft der Weihnachtsmann mal wieder, schnalzt mit der Zunge und lässt die Zügel auf den Rücken des Rentiers fallen. Und schon legt das Tier einen Zahn zu. »Heyheyhey!«, entfährt es dem Weihnachtsmann zur Abwechslung. »Slömlömöläkimäki«, ruft er noch und Emma wendet ihren überraschten Blick zu Gregors Vater. *Soll das jetzt Finnisch sein?*, denkt sie. Sie glaubt aber nicht, dass Gregors Vater Finnisch kann. Bestimmt tut er nur so.

»Hey, Peter«, ruft da Gregor überrascht. »Du kannst Finnisch?«

»Ökiöki«, antwortet der Weihnachtsmann und schiebt noch ein »Hohoho!« hinterher.

Das Rentier versteht das Finnisch von Gregors Vater nicht. Es behält das Tempo bei und Sandy hat Schwierigkeiten, dem Schlitten zu folgen.

»Nicht so schnell«, flüstert Emma dem Weihnachtsmann zu. Als der aber nicht bremsen kann, nimmt sie die Zügel in die Hand. Leicht zieht sie an ihnen und das Rentier wird langsamer.

Mit einem Mal ist Emma die Kutscherin und der Weihnachtsmann scheint froh zu sein, die Verantwortung abgegeben zu haben.

»Hohoho«, ruft er und legt für einen Augenblick seinen Arm um Gregor und Emma und drückt sie beide.

Das Rentier geht jetzt in einem gemächlichen Trott dahin. Bei dem Tempo kommt Sandy wieder mit. Es dauert nicht lange, da sind sie oben bei Herrn Paataanen, wo die Tour immer beginnt. Zu ihrer Überraschung steht der alte Finne dick eingewickelt in der Haustür und winkt ihnen zu. Hinter dem Haus wendet Emma den

Rentierschlitten und sie machen sich auf in den Ort. Emma ist im Augenblick der glücklichste Mensch der Welt. Nie hätte sie gedacht, dass sie einmal den Weihnachtsschlitten lenken würde.

Kaum sind sie wieder im Ort, gesellen sich zwei Buben zu Sandy, die Emma aus der Schule kennt. Mit lachenden Gesichtern folgen auch sie dem Schlitten. Und es werden immer mehr Kinder. In der zweiten Querstraße kommen drei dazu, in der vierten gleich fünf. Und als sie auf dem Marktplatz ankommen, ist es eine ganze Schar von Kindern hinter ihnen, die den Schlitten begleitet.

Ein Raunen geht durch die Menschen, die auf dem Weihnachtsmarkt um die Stände versammelt sind und Glühwein trinken oder Bratwürste essen. Einige applaudieren auch, als der Weihnachtsmann mit seinem Rentierschlitten den Marktplatz erreicht.

Gregor springt vom Schlitten und ergreift die Zügel des Rentiers, das jetzt schnaubend neben ihm steht. Er streichelt seinen Hals und spricht ein paar beruhigende Worte.

Emma glaubt, in Gregors Augen ein besonderes Leuchten zu sehen, und sie fragt sich, ob er etwas merkt. Ob er ahnt, dass er seinem Vater ganz nah ist. Aber das kann nicht sein.

»Jetzt die Bonbons!«, flüstert Emma dem Weihnachtsmann zu, der etwas zerstreut wirkt. Wie gebannt sieht er auf Gregor und erst beim zweiten Mal »Jetzt die Bonbons!« greift er hinter sich in den großen Sack mit Bonbons und wirft mit einem lauten »Hohoho« den ersten Schwung in die Menge der wartenden Kinder. Sofort rennen sie wie hungrige Tiere auseinander und bücken sich nach den Bonbons. Und wieder und wieder wirft Gregors Vater unter lauten »Hohoho«-Rufen die Bonbons unter die Menge und Emma glaubt unter den dicken weißen unechten Augenbrauen ein paar Freudentränen über das Gesicht kullern zu sehen.

Der Besuch des Weihnachtsmannes ist ein voller Erfolg. Über eine Stunde verteilt er Bonbons an die Kinder. Viele machen Selfies mit dem Weihnachtsmann. Immer wieder dürfen die Kinder für ein gemeinsames Bild mit dem Weihnachtsmann auf den Kutschbock.

Zu guter Letzt fängt es sogar wieder an zu schneien. Und von Emma fällt die ganze Anspannung der letzten Tage ab. Sie ist überglücklich.

Trotzdem aber denkt sie immer noch darüber nach, wie man Vater und Sohn richtig zusammenbringen kann, so, dass auch Gregor davon erfährt. Irgendwie muss Gregors Mutter doch umzustimmen sein. Irgendwie. Emma hofft auf Heiligabend morgen und dass da ein Wunder geschehen möge.

Dass die Kowalskys am Sonntag abreisen, kommt für Emma vollkommen überraschend. Sie hat fest damit gerechnet, dass sie bei ihnen im Gästehaus Weihnachten feiern. Im Geiste hörte sie schon Sandys Stimme, die beim Auspacken der Geschenke immer kreischt: »Oh my god. Oh my god!« Bis heute haben die Kowalskys ihr verschwiegen, dass sie für Heiligabend ein Hotel in Österreich gebucht haben. Und Mama hat es Emma nicht erzählt.

Keine Frage, der Abschied von den Kowalskys ist für Emma ein bisschen schmerzhaft. Sie hat sich schon richtig an Sandy gewöhnt.

Aber große Trauer darüber kommt nicht auf, dazu befindet sich Emma zu sehr in Weihnachtsaufregung. Heute ist der große Tag. Heiligabend, die Ankunft ihres Vaters! Und das Hoffen, dass die Sache mit Gregors Vater auch noch irgendwie klappt.

Doch leider sind es nicht nur die Kowalskys, die abreisen. Zu Emmas Entsetzen hat auch Gregors Vater seinen Koffer gepackt, als er von Emmas Mutter erfahren hat, dass sich Gregors Mutter mit aller Macht gegen gemeinsame Weihnachten sträubt. Aber er will nicht gleich wieder zurück nach Köln. Er will in der Nähe seines Sohnes bleiben, möchte aber kein Risiko eingehen und am Heiligabend den Abstand von fünfzig Metern einhalten. Also ist er in ein Hotel am anderen Ende von Oberalpendorf gezogen.

Emma findet das natürlich unmöglich und sie fühlt sich daran nicht ganz unschuldig. Sie hofft weiter auf ein Wunder.

Aber kaum sind die Kowalskys und Gregors Vater abgereist, taucht ein Taxi vor dem Gästehaus auf. Emma sieht es aus dem Küchenfenster, wie es vor der Einfahrt hält, wie der Taxifahrer aussteigt, zum Kofferraum geht und einen großen Koffer heraushievt. Und dann sieht Emma ihren Vater aus dem Taxi steigen, eine dick gepackte Tasche über der Schulter. *Bestimmt ist da ein Stück mitgebrachtes Amerika drin*, denkt sie. Noch bevor er den Taxifahrer bezahlt hat, ist Emma mit dem Ausruf »Papa ist da!« aus dem Haus. Ohne ihre Jacke anzuziehen und in Hausschuhen stürmt sie nach draußen.

»Papa, Papa!«

Weit weg ist ihr Ärger darüber, dass ihr Vater jetzt erst kommt, am Heiligabend. Dass es keine gemeinsamen

Weihnachtslieder gab in der Adventszeit. Sie hat ja auch wirklich kaum Gelegenheit gehabt, darüber zu trauern. Die Turbulenzen der vergangenen Tage haben ihre ganze Konzentration gefordert.

Ihr Vater nimmt sie in die Arme. »Emma, hallo!«, sagt er. »Meine Emma!«

Emma hat ihren Vater so lange nicht gesehen und sie weiß gar nicht, was sie ihm als Erstes sagen soll. Es gibt so viel zu erzählen! Wo anfangen?

»Papa, stell dir vor …«

Sie fängt an zu erzählen, aber ihr Vater meint: »Emma, warte, warte. Ich will das alles ganz genau wissen. Aber wir müssen zuerst ins Haus. Du hast ja gar keine Jacke an. Komm, nimm mal die Tasche, ich nehme den Koffer.«

Er drückt Emma die prall gefüllte Amerikatasche in die Hand und schnappt sich seinen Koffer.

In der Eingangstür stehen schon ihre Mutter und Lissie und strahlen. Mama fällt Papa in die Arme und gibt ihm einen Kuss. Lissie umarmt ihn und Emma will wieder erzählen.

»Papa, stell dir vor …«

»Ja, warte, warte, ich muss doch erst ins Haus.«

Sie gehen in die Küche, wo sich Emmas Vater müde auf einen Stuhl fallen lässt. Im Nu ist Emma auf seinem Schoß, kuschelt sich an ihn und flüstert ihn ins Ohr: »Stell dir vor, ich war der Weihnachtsmann gestern.«

»Was?«, fragt ihr Vater. »Der Weihnachtsmann?«

Emma merkt nicht, wie ihrem Vater die Augen zufallen wollen. Sie merkt nicht, wie müde und mitgenommen er von der langen Reise ist.

»Na ja«, sagt Emma. »Nicht nur ich, ich habe ihm geholfen.«

Und dann redet Emma wie ein Wasserfall, bis ihre Mutter sagt: »Emma, warte doch mal. Ich glaube, Papa ist sehr müde von der langen Reise. Vielleicht nicht alles auf einmal.«

»Wirklich?«, fragt Emma. »Bist du müde?«

Ihr Vater rauft sich die Haare und gähnt mit offenem Mund. Er nickt.

»Ja«, sagt er. »Ich bin ziemlich müde. Das liegt an dem langen Flug und der Zeitumstellung. Wie wäre es, wenn ich mich erst einmal hinlege und danach erzählst du mir alles. Na?«

»Okay«, sagt Emma, dann drückt sie ihren Vater noch mal. »Ich freu mich so, dass du da bist. Und ich freu mich so auf Weihnachten!«

Emmas Vater schläft länger als erwartet. Für Emma ist das jetzt aber nicht schlimm, es gibt ja genug zu tun. Sie merkt, wie glücklich sie einfach nur darüber ist, dass ihr Vater jetzt da ist.

Im Haus haben inzwischen die Weihnachtsvorbereitungen begonnen.

Während sich Emmas Mutter und Anne zurückhalten

und sich schonen, helfen Lissie, Marlene Meier, Peter, Gregor und seine Mutter mit, den Frühstücksraum für Heiligabend zu dekorieren. Sie schieben Tische und Stühle zu einer großen Tafel zusammen und stellen Kerzen auf.

Als Emmas Vater wieder auftaucht, ist er immer noch ein bisschen müde, aber gut gelaunt. Gemeinsam mit Emma und Gregor holt er von draußen den Baum und sie stellen ihn im Frühstücksraum auf.

»Da habt ihr aber einen schönen Baum gefunden«, sagt er, als die kleine Tanne im Ständer steht. »Ihr braucht mich ja gar nicht mehr.«

»Doch«, sagt Emma. »Mit dir ist das Baumholen am schönsten. Der hier ist einfach nur gekauft. Außerdem ist er zu klein. Nächstes Jahr müssen wir wieder einen großen Baum sägen.« Aus einem bequemen Sessel heraus gibt Emmas Mutter jetzt ein paar Anweisungen, wo welche Kugel hängen sollte. Als sich Gregor und Emma ans Schmücken machen, setzt sich Emmas Vater neben ihre Mutter und gemeinsam beobachten sie die anderen bei der Arbeit.

Während des Schmückens mischt sich bei Emma das Gefühl der Vorfreude mit etwas anderem. Vielleicht ist es Enttäuschung, dass Gregors Vater nicht dabei ist. Sie hat auch das Gefühl, dass Gregor mit jeder Weihnachtskugel, die er an den Baum hängt, ein Stück unglücklicher wird. Da können auch die kleinen Witze, die ihr fröhlicher Vater macht, nicht viel ausrichten. Gregor ist schweigsam und hängt fast mechanisch eine Kugel nach der anderen an den Baum.

In der Zwischenzeit bereiten Lissie, Peter und Marlene Meier Esotante in der Küche das Essen vor. Kartoffelsalat, Würstchen und Salat. Gregors Mutter will einen Nachtisch beisteuern, den sie bei sich zu Hause zubereitet. Außerdem werden Weihnachtsteller mit Lebkuchen gefüllt, Mandarinen, Nüssen und Dominosteinen.

Schließlich rückt die Stunde der Bescherung näher. Bevor es aber so weit ist, setzt sich die große Runde an den schön gedeckten Tisch im Frühstücksraum der Pension und Tante Lissie und Marlene Meier Esotante servieren das Essen. Sie alle sind feierlich gekleidet, Emma hat ihr dunkelblaues Kleid für festliche Anlässe an und Gregor trägt zu dem weißen Hemd sogar eine Krawatte. Die Vorfreude auf den gemeinsamen Abend ist deutlich zu spüren. Auch Gregor lässt sich von der guten Stimmung jetzt doch noch anstecken.

Draußen ist es nun schon dunkel und die Kerzen am Baum werden angezündet. Sie tauchen den Raum in ein feierliches, flackerndes Weihnachtslicht und erwärmen das Zimmer.

Emma bekommt fast keinen Bissen herunter, so aufgeregt ist sie. Immer wieder schaut sie auf die Uhr. Sie weiß, um sechs Uhr müssen sie und Gregor aus dem Zimmer, dann räumen die Erwachsenen Tisch und Stühle leer, um dem Christkind Platz für die Geschenke zu machen, wie Emmas Vater immer sagt. Sonst würde es ja nichts geben.

Emma und Gregor werden dann in Emmas Zimmer sehnsüchtig das Klingeln der Weihnachtsglocke erwarten, die ihnen signalisiert, dass sie kommen können. Dann werden nur die Kerzen des Weihnachtsbaumes den Raum erleuchten und aus den Lautsprechern der Stereoanlage wird leise Weihnachtsmusik ertönen. Auf den Stühlen und dem Sofa türmen sich dann die Geschenke.

Die Vorfreude ist für Emma fast nicht mehr auszuhalten. Als ihre Gedanken noch einmal zu Gregors Vater wandern, merkt sie, dass die Vorfreude ihre Hoffnung verdrängt hat, dass er gemeinsam mit ihnen feiert. Aber da geschieht etwas Unvorhergesehenes. Sie sind noch mitten beim Essen, als das Telefon klingelt.

»Nanu?«, wundert sich Emmas Mutter. »Wer kann das sein? Heute Abend noch ein Anruf?«

»Ein Gast, der ein Zimmer möchte?«, fragt Emmas Vater und steht auf.

»Das glaube ich nicht«, sagt Emmas Mutter. »Wer sucht denn an Heiligabend ein Zimmer?«

»Maria und Josef!«, sagt Gregor und grinst.

»Stimmt«, meint Emma. »Maria und Josef.«

Sie sieht ihrem Vater hinterher, der nach dem Telefon greift, das neben dem Weihnachtsbaum liegt.

»Hallo?«, sagt er und Emma beobachtet, wie sein Gesicht ernster wird. »Ja, guten Tag«, sagt er. »Ja, der ist hier. Sie sind der Vater? Sie möchten ihn sprechen?«

Mittlerweile herrscht am Tisch vollkommenes Schweigen und Emma weiß mit einem Mal, wer am anderen Ende der Leitung ist.

»Gregor«, sagt ihr Vater und sieht abwechselnd Gregor und seine Mutter an. »Es ist dein Vater. Er möchte dir fröhliche Weihnachten wünschen.«

»Papa?« In Gregors Augen schießt ein Strahlen. Beinahe wirft er den Stuhl nach hinten, so schnell springt er auf und schnappt sich den Hörer.

Emma beobachtet das Gesicht seiner Mutter, das wie erstarrt wirkt. Zwei-, dreimal kaut sie, bevor sie den Bissen, der noch in ihrem Mund war, herunterschluckt.

»Hallo, Papa!«, hören jetzt alle Gregor am Telefon. »Ja, das wünsche ich dir auch. Fröhliche Weihnachten!«

Emma ist plötzlich zum Heulen zumute. Mann, das kann doch nicht sein. Hilfe suchend sieht sie ihre Mutter an. Die aber zuckt mit den Schultern und macht ein bekümmertes Gesicht.

»Gregors Vater?«, fragt da leise Anne nach, wie immer eine Hand auf ihren sehr dicken Bauch gelegt. »Wo ist er denn?«

»Keine Ahnung«, meint Emma. »Gregor soll fragen, wo er ist.«

»Gute Idee«, sagt ihre Mutter.

»Frag ihn, wo er ist!«, ruft jetzt Emma. Sie schreit es fast, weil ihr zum Schreien zumute ist. Irgendwas muss schließlich passieren.

»Papa, ich soll fragen, wo du bist!«, sagt Gregor mit einem Lachen, das schnell einem nachdenklichen, dann einem ungläubigen Gesichtsausdruck weicht. »Wo bist du?«, ruft er jetzt. »Fünfzig Meter entfernt? Du bist hier in Oberalpendorf?«

Gregor dreht sich zu den anderen am Tisch.

»Er ist hier!«, ruft er und sein Gesicht strahlt. »Fünfzig Meter von hier entfernt!« Gregor geht ans Fenster und späht nach draußen.

»Auf der Straße?«, fragt er in den Hörer.

»Na, er soll herkommen«, sagt Anne. »Er ist doch ganz nah. Gregor, geh doch mal auf die Straße, dann sieht er dich.«

»Nein!«, schaltet sich da Gregors Mutter mit schneidender Stimme ein. »Gregor geht nicht raus. Sein Vater bleibt fünfzig Meter von ihm entfernt. So ist es abgemacht!«

Annes fragender Blick fliegt zu Gregors Mutter herum. »Wieso das denn, aber es …?« Ihre Worte bleiben in der Luft hängen. Anne wirkt nachdenklich, ihre Stirn legt sich in Falten, ihr Kopf wippt mit einem kaum wahrnehmbaren Nicken. »Aber es ist doch Weihnachten«, sagt sie zögerlich. »Und Gregor freut sich so, das sieht man doch!« In Annes Gesicht ist plötzlich eine ungeahnte

Strenge. Und man sieht ihr an, dass sie kurz davor ist, sich furchtbar aufzuregen.

»Ja«, schaltet sich Peter verhalten ein. »Kann man denn heute nicht mal eine Ausnahme machen?«

»Ach«, sagt da Gregors Mutter nur spitz. »Das ist Überrumpelung. Das geht so nicht.«

Sie wirft Emmas Mutter einen vorwurfsvollen Blick zu, als würde sie die Schuld daran tragen.

»Wo bist du?«, fragt Gregor seinen Vater noch mal. »Im Stall?«

Währenddessen erklärt Gregors Mutter mit knappen Worten die Situation. Dass ein Richter das so angeordnet hat. Und dass es einen Grund hat. Und dass das jetzt so ist. Basta.

Jetzt wendet sich Gregor wieder an den Tisch. »Er ist im Stall vom Zunhammer drüben, weil es draußen so kalt geworden ist.«

»Im Stall?«, wiederholt Anne. »In der Nachbarschaft?

»Ja«, sagt Gregor.

»Also, das ist mir einfach zu dumm«, sagt eine zu allem entschlossene Anne. Sie steht auf, geht in den Flur und kommt mit Mütze und in ihrem Wintermantel, den sie über dem gewaltigen Bauch kaum schließen kann, wieder ins Wohnzimmer. Sie hat auch einen Korb dabei, in den sie eine Schüssel mit Kartoffelsalat, zwei Würstchen, eine Flasche Wein und zwei Kerzen stellt. »Ich geh da jetzt hin. Unter diesen Umständen kann ich hier nicht bleiben. Peter, kommst du?«, fordert sie ihren Mann auf. Peter bleibt in dieser Situation nichts anderes übrig, als aufzustehen und sich ebenfalls seinen Mantel überzuziehen.

»Wartet, ich komme auch mit«, ruft Lissie. Auch sie schnappt sich was zu essen vom Tisch. »Ich finde das eine gute Idee von dir, Anne«, sagt sie.

»Mama!«, ruft Emma. »Die gehen zu Gregors Vater, gehen wir auch?«

»Mama!«, ruft Gregor. »Die gehen zu Papa. Wir gehen auch, ja?«

Emmas Vater steht auch schon und signalisiert mit zwinkernden Augen Emmas Mutter, dass sie da auch mitsollten.

Auch Marlene Meier Esotante erhebt sich. »Ich komme auch mit!«, ruft sie. »Weihnachten im Stall, das wäre nicht das erste Mal auf der Welt.«

»Mama!« Aus Gregors Stimme ist die Verzweiflung zu hören. Mittlerweile sitzen nur noch er und seine Mutter an der großen Weihnachtstafel.

Eine bedeutsame Minute verstreicht, in der Marlene Meier Esotante die Tür hinter sich zuzieht und Emmas Vater neben dem Weihnachtsbaum steht, während Emma und ihre Mutter im Flur nach ihren Winterjacken greifen.

»So ganz alleine Weihnachten feiern ist doch auch nichts«, hört Emma die warme Stimme ihres Vaters.

Eine Weile geschieht nichts und dann endlich seufzt Gregors Mutter: »Na gut!«

Und dieses »Na gut!« klingt für Emma, als hätten es die Engelschöre direkt aus dem Himmel geschickt. Eine warme Woge der Erleichterung durchströmt Emma. Sie sieht, wie Gregor seiner Mutter um den Hals fällt.

»Mama!«, ruft er und greift jetzt nach ihrem Arm. »Komm«, sagt er und will sie vom Stuhl hochziehen.

Auch Emmas Mutter ist erleichtert. Sie holt aus der Küche einen Korb, in den sie die restlichen Sachen vom Tisch packt, Gläser, Teller, Kerzen, Besteck und Servietten.

Dann gehen auch Gregor mit seiner Mutter und Emma mit ihren Eltern. Stapfen durch die kalte Winternacht über den fest gefrorenen Schnee zum übernächsten, alten Bauernhaus.

In den Vorgärten der anderen Häuser brennen die Lichterketten und Christbäume und durch die Fenster sieht Emma festlich angezogene Menschen, die lachen oder sich umarmen.

Als sie beim Stall ankommen, sehen sie durch die Stalltür, die einen schmalen Spalt geöffnet ist, Licht aufflackern. Peter hat das Licht seines Handys an. Emma sieht Anne im Gespräch mit Gregors Vater, der auf einem Heuballen sitzt.

Als sie den Stall betreten, spürt Emma sofort die Wärme, die von den Tieren ausgeht. Im schwachen Schein von Peters Handy zählt sie fünf Kühe und einen Esel. Hinter ihr drängt jetzt Gregor in den Stall. Als er seinen Vater sieht, ist er nicht mehr zu halten. Er stürmt auf ihn zu und fällt ihm um den Hals. »Papa!«, ruft er.

»Hallo Gregor, mein Lieber!«, erwidert sein Vater und klopft ihm zärtlich auf den Rücken, während sein Blick auf die anderen fällt, die in den Stall nachkommen. Als Gregors Mutter mit immer noch strengem Blick sieht, wie Gregor sich freut, da wird es auch ihr warm ums Herz, ein Lächeln huscht um ihren Mund.

Peter greift ein paar der Heuballen, stellt sie in einem Kreis auf und Marlene Meier Esotante, Lissie, Anne, Emma und ihre Eltern setzen sich, zünden ein paar Kerzen an und sprechen mit Gregors Vater.

Die Stimmung wird immer besser und Emma würde Gregor ja gerne sagen, mit wem er da gestern auf dem Weihnachtsschlitten saß. Aber sie weiß, dass sie jetzt vorsichtig sein muss. Sie will den Frieden nicht gefährden. Sie sieht, wie jetzt Gregors Vater aufsteht und auf Gregors Mutter zugeht.

Er bleibt vor ihr stehen und sieht ihr in die Augen. Dann reicht er ihr die Hand und sagt: »Es tut mir leid. Und ich würde mir wünschen, dass es anders wird. Auch für Gregor.«

Gregors Mutter kann den Blick von Gregors Vater erst nicht erwidern. Sie windet sich, dann reicht sie ihm die Hand und sagt dann etwas steif: »Fröhliche Weihnachten.«

»Fröhliche Weihnachten«, antwortet Gregors Vater und Emma merkt, wie ihr die Tränen in die Augen schießen.

Ja, denkt sie, *Weihnachten ist das Fest der Liebe, da geschehen Wunder.* Ihr Blick wandert von einem Gesicht zum anderen. In jedem ist ein Lachen, ein Strahlen. Glanz ist in den Augen und die Wangen sind gerötet.

Was für ein Weihnachten, denkt sie. *In einem richtigen Stall mit richtigen Tieren, sogar ein Esel ist dabei. Und wenn Anne jetzt noch ihr Kind bekommen würde, dann wäre es wie damals in Bethlehem.*

»Huch«, macht Anne in diesem Moment und hält sich den Bauch. »Peter, ich glaube, es geht los.«

© Dino Corell

Der Fotograf und Kinderbuchautor Bernhard Hagemann erblickte 1956 in Bad Reichenhall das Licht der Welt und ist im Chiemgau aufgewachsen. Seit seinem 13. Lebensjahr befindet sich zwischen ihm und dem Licht der Welt ein Fotoapparat. Zunächst machte er seine Leidenschaft Fotografie zum Beruf, entdeckte dann aber das Geschichtenerzählen. Seither schreibt er für Kinder, Jugendliche und Erwachsene. Er lebt am Staffelsee und am Alpenrand, wo er ein Gästehaus betreibt, Berge beim Namen nennt und sehr früh aufstehen muss.